세상의 질문 앞에 우리는 마주 앉아

세
상
우 의
리
는 질
문
마
주 앞
에
정 한 샘
조 요 엘 앉
지 음 아

읽고 쓰며 성장한 엄마와 딸의 책 편지

열매
하나

앞으로도 이렇게, 천천히 즐겁게

얼마 전 주문한 잎차가 왔다. 늘 마시는 루이보스 차에 달콤한 바닐라 향이 첨가된, 카페인이 들어 있지 않은 차다. 포장을 뜯으니 아이가 다가와 뚜껑을 열고 향을 맡으면서 "우리, 따뜻하게 차 한잔 마실까요?"라고 묻는다. 시원한 바람이 부는 가을날에 따뜻한 차를 권하며 맑게 웃는 아이라니. 너무나 사랑스러워 한참을 가만히 바라보았다.

아이는 이 책을 쓰기 직전에 초졸 검정고시를 봤다. 중학교에 갈 수 있는 가능성을 열어 두려 시험을 본 것이다. 결과가 나온 뒤 몇 번의 가족회의를 거치며 중등 과정을 어떻게 할 것인지 논의했다. 새로운 친구를 사귀고 싶어 하는 것을 알았기에 충분한 시간을 들여 생각하고 결정하기를 권했다.

요엘이와 엘리, 두 아이의 초등 과정 홈스쿨링을 결정할 때도 진지한 가족회의를 가졌다. 돌이켜보면 선물 같은 결정이었다. 특히 요엘이는 자신이 좋아하는 책을 실컷 읽을 수 있음에 기뻐했다. 우리는 넉넉한 시간 속에서 함께 책을 읽으며 수많은 이야기를 나누고 웃고 행복했다. 때로는 우리가 경험하지 못한 세상을 이해하고 누군가의 고통에 아파하며 우리가 할 수 있는 작은 일들을 고민하기도 했다.

아이들은 한 달여 고민한 끝에 중등 과정도 학교 밖에서 보내기로 결정했다. 지금 자신이 가장 즐거워하고 행복할 수 있는 방법을 택한 것이다. 나는 지금까지 그래왔듯 아이의 선택을 지지한다. 하지만 아이의 마음이 언제든 바뀔 수 있다는 것도 잘 알고 있다.

아니면 내가 먼저 이제 그만 아이가 학교에 가 주었으면 하고 바라는 날이 올지 누가 알겠는가. 중요한 건 우리가 서로의 마음을 놓치지 않도록 계속해서 대화하는 것이다. 초등 과정을 그렇게 지나왔듯 매년 서로의 의견을 묻고 새로이 결정하면서 다정하게 서로의 마음속을 들여다보려 한다.

작년 겨울에는 또래 친구들과 함께 책을 읽어보고 싶다는 아이의 말을 듣고서 동네책방을 통해 알게 된 중등 인문학 모임에 등록해 주었다. 두 달간 함께 책을 읽고 영화를 보고 난 뒤 각자의 에세이를 쓰던 날, 아이는 내게도 자신의 글을 보여주었다.

나라면 속내를 보이기 부끄럽고, 평가받는 것이 두려워 쓰지 못했을 이야기가 아이의 글 속에 있었다. 솔직한 아이의 글을 읽으며 많은 생각이 들었다. 아이는 감추고 포장했던 그맘때의 나와는 다른 모습으로 커 가고 있었다. 조금 느리다고 생각했던 아이는 어느 틈에 조금씩 자신만의 세계로 걸어나갔다.

여전히 우리는 매일 마주 앉아 책을 읽고 있지만, 하루하루 생각과 몸이 눈에 띄게 자라는 아이가 언제 내 앞자리를 떠나 자신의 방으로 들어가 버릴지 모를 일이다. 하지만 아이가 자라는 것에 지레 겁먹지 않으려 한다. 늘 스스로에게 말하며 연습해 왔으니까, 아이의 시간과 성장을 묵묵히 바라보기로 다짐했으니까, 생각해 온 대로 실행하기만 하면 된다. 이 책을 쓰면서 아이와 나의 지난 13년이 정리되는 느낌이었다. 아이가 크는 만큼 나도 조금은 성장했다고 믿고 싶다.

　느리게 걸으며 서로를 응원하는 엄마와 딸이 책을 읽고 나눈 이야기를 담았다. 새로 읽은 책도 있고, 다시 읽은 책도 있다. 좋은 문장을 쓰려고 노력했다기보다는 솔직하게 쓰려고 노력했다. 대화 속에서 흘려버렸던 아이의 마음을 글을 통해 알게 되기도 했고, 그래서 운 날도 있었다.

　이 책을 읽는 분들도 어떤 계기로든 누군가와 편지를 주고받으시길 기대한다. 그 안에서 서로가 놓쳤던 마음들을 발견하기를 바라본다.

한샘

차례

part I.

책에   관한   엄마의   작은   기록

part 2.

엄마와 딸이 나눈 책 편지

part I.

책에 관한

엄마의 작은 기록

✳

책을 읽어주지 않는 엄마

직업을 묻는 질문을 받으면 늘 가정주부라고 적는다.

찬탄할 만한 직업인데 왜들 유감으로 여기는지 모르겠다.

가정주부라서 무식한 게 아닌데.

잼을 저으면서도 셰익스피어를 읽을 수 있는 것을.

-타샤 튜더

읽을 때마다 나를 설레게 하는 이 멋진 문구는 미국에서 가장 사랑받은 동화 작가 타샤 튜더의 말이다. 동화책과 산문집을 통해 만난 그녀의 삶은 놀라움을 넘어 경외롭기까지 하다. 그 경외심은 내 삶에 큰 영향을 주었다.

타샤의 문장을 접한 겨울, 나는 오랜 기다림 끝에 얻은 아이들을 돌보느라 여념이 없었다. 하던 일과 좋아하던 일을 모두 잊고 육아에 몰입한 때였기에 가정주부야말로 찬탄할 만한 직업이라 주장하는 이 글에서 더 큰 위로를 받았는지도 모르겠다.

일을 그만두기로 한 것은 나의 선택이었으나 때로는 그 사실이 서글프게 느껴지곤 했다. 앞으로 나아가는 많은 이들 뒤에 나만 남겨졌다는 생각이 들 때면 마음이 공허했다. 그때 나를 위로해 준 것은 육아에 매진하는 나의 공을 치켜세우는 가족의 말도, 쌍둥이 아이를 안고 업으며 장을 보러 나선 걸 대단하다는 듯 바라봐 주는 이웃의 따스한 눈길도 아니었다.

나를 완성하는 것은 책 읽는 시간이었다. 그 시간 속에서 비로소 세상을 만났다. 적절한 시기에, 필요했던 문장들이 쓰인 글을 통해 위로를 받고 다른 세계를 경험하는 것. 어쩌면 이것이 우리가 책을 읽는 이유 아닐까. 나는 독서의 진정한 의미와 가치를, 나 아닌 다른 존재를 위해 온전히 헌신하며 깨닫게 되었다.

책을 통해 위로받았으나 책을 읽어주는 엄마는 아니었다. 부모가 책을 읽어주는 시간이 어린아이에게 얼마나 중요한지 이야기하는 글이나 기사를 접할 때면 묘하게 마음이 불편해지기도 했다.

그런 글에서는 하나같이 자기 전에 책을 읽어주는 게 좋다고 강조했다. 하지만 저녁이 되면 온종일 살림과 육아에 지친 고단한 육신에는 입을 뻥끗할 힘조차 남아 있지 않았다. 자기 전 아이들에게 책을 읽어주는 건 그야말로 특별한 날에나 주어지는 선물 같은 일이었다.

유아기에 접하는 책의 중요성에 대해 여러 주장들이 나오던 시기인지라 아이가 원하면 열 권이고 백 권이고 '노No'라고 하지 말고 읽어줘야 한다는 이야기도 있었다. 유아 전집을 판매하시는 분들이 하루가 멀다 하고 초인종을 눌렀고, 아이들을 데리고 서점이라도 가면 홍보하시는 분에게 손목을 잡혀야 했다.

하지만 나는, 나를 책도 사주지 않고 읽어주지도 않는 무책임한 엄마로 만들어버리는 그런 글과 주위의 조언에 마음을 두지 않기로 했다. 오히려 그 모든 권유와 홍보를 외면하기로 했다. 책을 주면 입으로 가져가는 아이에게 시기별로 읽혀야 (읽어주어야) 하는 책이 정해져 있다는 말을 도무지 믿을 수 없었다.

책을 읽어주지 않는 것이 책을 읽지 않는 아이로 자라게 하는 이유는 될 수 없다고 생각했다. 내가 책을 좋아하고 책으로 위로받았으니 아이도 책 읽기를 즐기면 좋겠지만, 설령 책을 읽지 않는 아이로 자라면 또 어떤가. 책은 하나의 맛있는 음식 같은 것이라, 입맛에 맞으면 먹을 것이고 아니면 어쩔 수 없는 거라 여겼다. 아이에게 책을 읽어주지 않는 엄마라 하여 죄책감을 느끼고 싶지는 않았다.

시간이 흘러 누워만 있던 아이들이 기고 걸으며 거실을 가득 채운 나의 책들을 다 끄집어내어 놀았다. 책을 꺼내고 책장 속으로 기어들어가 "꼭꼭 숨어라"를 외쳤고, 바닥에 책을 나란히 줄지어 놓고 깡충깡충 건너며 징검다리 놀이를 했다. 책으로 노는 아이들 옆에서 나도 함께 손뼉을 치며 우리의 작은 거실을 마음껏 어질렀다.

몸으로 책과 놀던 아이들이 내용을 궁금해 하는 시기가 왔을 때는 그림을 보며 내용을 상상해 보게 했다. 글자를 서둘러 가르치고 싶지 않았기에 아이들은 유치원에서 한글을 마지막으로 읽은 주인공이 되었다.

글자를 읽기 전 아이들이 보여준 상상의 시간은 참으로 놀라웠다. 그 시간을 조급함 없이 지나 글자를 읽게 된 아이들은 그림만으로 상상하던 것과 실제 내용이 다르거나 같음에 감탄하며 책을 가까이 두기 시작했다. 아이들도 책을 좋아해 주니 함께 읽어갈 생각에 신이 났다.

그림으로 연상하던 이야기가 실체를 가지게 되는 순간의 희열을 아이들의 눈은 고스란히 담고 있었다. 아이들에게 책 읽기는 어느새 하루 일과의 가장 길고 중요한 시간으로 스며들었다. 책은 읽어야만 하는 대상이 아니라 놀이의 연장선이었다. 색색별의 유아 전집이 아닌 엄마의 책이 가득한 책장을 보고 자란 아이들은 이제 엄마처럼 스스로 자신의 책을 골라 책장을 채우는 청소년이 되었다.

유례없는 미세먼지로 희뿌옇게 얼룩졌던 겨울이 지나고 이제 봄이 왔다며 가슴이 두근거렸던 것이 불과 얼마 전 같은데, 문득 주위를 둘러보니 꽃이 다 지고 나뭇잎의 색이 진초록으로 변해가고 있다. 자연의 변화를 좀 더 예민하게 감지하고 관찰하며 주어진 순간순간에 감사하게 된 건, 그걸 내게 알려주고 짚어주는 아이의 덕이다.

연둣빛 나뭇잎들에 짧은 봄 햇살이 부서져 반짝이는

모습에 감탄할 수 있었던 것도 차창 밖으로 찰나에 흩어지는 자연의 모습에 감사할 줄 아는 아이 덕이다. 그리고 아이들이 그런 다정한 마음을 지니게 된 건, 세상이 정해 놓은 시간표에 따라 바삐 움직이거나 어떠한 틀에 갇히지 않은 채, 긴 시간을 느리게 누릴 수 있었기 때문이라 생각한다.

우리는 계속해서 함께 책을 읽을 것이다. 나는 책 읽기를 교육의 한 도구로 생각하지 않으며, 어떠한 지점에 이르기 위한 과정이라고 생각하지 않는다. 내게 있어 책이 그렇듯 아이에게도 책이 어떤 순간에든 함께할 수 있는 친구로 존재하기를 바랄 뿐이다.

시간이 많이 흐른 뒤 아이가 "우리 엄마는 공부 때문에 나를 야단친 적은 한 번도 없어. 대신 우리는 마주 앉아 좋은 책을 함께 읽었지."라고 말해 주면 참 좋겠다.

*

엄마 책을 몰래 읽던 아이

책장 정리를 하며 데이비드 허버트 로렌스의 『채털리 부인의 사랑』에 손이 닿자 나도 모르게 흠칫 놀랐다. 요즘은 『채털리 부인의 연인』이라는 제목으로 나오는 모양이지만 아무래도 내게는 엄마 몰래 이불을 뒤집어쓰고 읽던 그 시절의 제목이 더 친밀하게 다가온다.

올해 들어 아이는 부쩍 거실을 가득 채운 나의 책장 속 책들에 관심을 보인다. 나름대로 주의 깊게 살핀 모양인지 내가 찾는 책의 제목을 들으면 금세 찾아주곤 한다. 그렇게 호기심이 자라나다 보면 언젠가는 내가 '어른 책'으로 분류

해 놓은 책들을 읽을 날이 오겠지.

엄마의 증언에 의하면 (세상 대부분의 엄마에게 자녀가 그렇듯) 어릴 적 나는 천재였나 보다. 영역은 독서. 첫째인 언니를 열과 성으로 교육하던 엄마 뒤에서 어깨 너머로 혼자 한글을 깨우치더니 네 살부터 책을 읽어 놀라셨다고도 하고, 언니 읽으라고 큰맘 먹고 사 주신《에이브 전집》을 학교에 들어가기도 전에 다 읽어 치우고는, 이후로도 닥치는 대로 책을 읽어 집안 어른들로부터 영특하다는 소리를 줄곧 들었다고 한다.

그러나 학교에 간 이후로는 칭찬이 아니라 책 좀 그만 읽고 공부하라는 말을 들어야 했다. 슬프게도 내가 또렷하게 기억하는 시절은 천재 소리를 들으며 신나게 책을 읽던 미취학 아동기가 아니라 책 좀 그만 읽으라고 야단맞던 초등학교 입학 이후의 모습이다.

급기야 내게는 엄마의 눈을 피해 몰래 책을 읽는 다양한 재주가 생겨났는데, 그중 가장 확실하게 엄마를 속일 수 있는 시간은 피아노 연습 시간이었다. 체르니 30번까지는 마쳐야 한다는 엄마의 강한 신념 덕에 매일 피아노를 쳐야 했고 연습은 늘 손가락을 풀어주는 하농 교재로 시작했다.

악보를 보지 않고도 손을 계속 움직일 수 있는 이 교재야말로 나의 구세주였다. 악보대에 올린 교재 앞에 읽고 싶은 책을 펼치고 한 손으로는 책 귀퉁이를 누른 채 레가토, 부점, 스타카토를 지겹게 반복하며 책을 읽었다. 의도치 않게 하농의 천재가 된 나는 엄마가 저 아이는 왜 듣기 좋은 선율은 치지 않고 지겨운 손가락 연습만 하는가 의심할 때쯤, 후다닥 책을 덮고 소나티네를 두어 번 친 뒤 연습을 종료했다. 아찔하고 즐거운 시간이었다.

중학생이 되고는 피아노를 치지 않았지만 학교와 독서실에서 읽는 방법부터 늦은 밤 부모님이 잠 드신 뒤 다시 일어나 읽는 방법까지 엄마 눈을 피해 책 읽을 장소와 시간은 얼마든지 있었다.

브론테 자매와 너새니얼 호손, 헤밍웨이와 톨스토이, 시드니 셸던, 로빈 쿡, 존 그리샴, 펄 벅, 심훈, 이광수. 당시 내게는 서태지와 아이들보다도 더 흥분되던 이름들이다.

닥치는 대로 읽었다. 하지만 책을 읽어도 생각을 나눌 대상이 없던 그 시절의 나는 외로웠다. 엄마 책장에 꽂힌 낡은 책을 몰래 읽던 밤, 생전 처음 보는 성적인 묘사에 가슴이 두근거렸지만 아무와도 이야기할 수 없었다.

할리퀸 문고를 읽으며 연애를 글로 배웠고, 애거사 크리스티를 읽으며 온갖 살인자를 검거했다. 밤새 읽고서 흥분하여 다음 날 친구들에게 이야기하면 재미있어는 했지만 같이 읽으려 하지는 않았다. 생전 처음 좋아하게 된 남자아이의 생일에 그즈음 재미있게 읽은 하퍼 리의 『앵무새 죽이기』를 고운 포장지로 감싸 두근거리는 마음으로 선물한 적도 있지만, 잘 읽었다는 말은 끝내 듣지 못했다.

책 읽는 시간은 곧 공부할 시간을 빼앗는 것으로 여기는 엄마가 관대해지던 시험 기간의 마지막 날이면, 그 포상으로 온종일 도서관 바닥에 앉아 책을 읽었다. 일주일에 두 번은 낡은 소설책과 만화책을 가득 싣고 와 책을 빌려주는 트럭 아저씨를 목이 빠져라 기다렸다. 물론 이 또한 엄마가 교회에 가셨을 때 몰래 뛰어나가 이루어지던 일이었다.

학업적 성취를 목표로 했던 고등학교 입시에 모든 정성을 들이던 엄마에게서 벗어나고 싶을 때면 잠을 잊고 버지니아 울프의 책을 읽으며 아침을 맞았다. 버지니아 울프가 누군지 어떤 삶을 살았는지 알지도 못하고, 그의 글이 어떤 내용인지 제대로 이해하지도 못한 채로 그저 읽고 또 읽었다. 답답하던 많은 밤을 함께한 것만으로도 그 이름은 언제

어디서든 수십 년의 세월을 건너 나를 쪽창이 있던 낡은 방으로 데려다준다.

아이에게 지금 책 읽는 시간이 어떤 모습으로 기억될까. 아이에게도 책과 얽힌 자신만의 이야기가 있지 않을까. 아이가 좀 더 커서 내 책장에서 책을 꺼내어 두근거리는 가슴으로 읽는 날이 올 때, 수십 년 전의 나처럼 혼자만의 이불 속으로 들어가지는 않기를 바란다. 우리는 오랜 시간 마주 앉아 각자의 책을 읽어왔으니 같은 책을 읽게 되는 날이 오면 더욱 많은 이야기를 나눌 수 있지 않을까.

엄마 책을 몰래 읽으며 숨죽인 밤을 보내는 아이였던 나는 그날을 몹시 기다린다.

✳

삶의 방향을 바꾼
'여자 셋의 책방 여행'

아이가 초등학교에 입학했다. 얼마 지나지 않아 받아쓰기를 시작했고 숙제도 생겼다. 친구들을 사귀고 좋은 선생님을 만나는 즐거움도 있었다. 하지만 1년이 지나고 다시 새 학기가 되면서 아이는 힘들어하기 시작했다. 단원 평가를 보면 모르는 것 투성이었는데, 학교 수업은 정작 모르는 게 많은 아이들에게 맞추어 진행되지 않았다.

학교생활 2년 차, 아이는 텔레비전을 보지 않는 아이, 잠을 일찍 자는 아이, 유행하는 노래를 모르는 아이, 학원에 다니지 않는 아이, 책을 읽으면 시간이 어떻게 흐르는지 모르는 조금은 별난 아이가 되어 있었다. 나 역시 아이를 그런 환경에서 양육하는, 주변의 도시 생활에서 찾아보기 힘든 유별난 엄마로 자리매김하였다.

이런 사실은 종종 나를 힘들게 했고 아이들 역시 학교에서 보내는 시간에 의문을 가지곤 했다. 학교에서 보내는 시간을 아까워하고 그 시간 동안 하지 못하는 일들을 아쉬워하면서도, 꼬박꼬박 학교를 보내고 다녔던 이상한 날들이 이어졌다. 학교에 가지 않아도 재미있게 지낼 수 있을 것만 같은데 막상 다른 생각을 하려니 안전한 울타리를 스스로 무너뜨리는 것만 같아서 두려운 마음이 들기도 했다.

이런 생각이 은근한 스트레스가 되었는지 체력과 의욕이 모두 급격한 하강 곡선을 그렸다. 이대로는 안 될 것 같았다. 우리의 생활을 돌아보고 새 힘을 얻을 어떤 계기가 필요한 시점이었다.

우리는 학교를 3일 빠지고 가고 싶던 책방을 둘러보기로 했다. 함께 지도를 보며 괴산의 '숲속작은책방'과 진주의 '진주문고' 그리고 통영의 '봄날의 책방'을 방문하는 계획을 짰다. 괴산 책방에서는 하룻밤을 잘 수 있다는 말에 아이들은 환호성을 질렀고, 진주는 엄마 아빠가 신혼을 보낸 지역

근처라 말해 주니 궁금해 했다. 나 역시 십수 년 전 자주 가던 남해에서 하룻밤을 자고 통영으로 들어가 아이들이 원하는 책을 구입하며 자연을 즐길 생각에 왕복 800킬로미터의 거리는 눈에 들어오지도 않았다.

아이들과 머리를 맞대어 동선을 정하고 즐거운 궁리를 했다. 여행을 다녀온 뒤 우리가 한 뼘 더 행복해져 있으리라는 확신이 들었다. 시간을 내기 어려운 남편과 일정을 맞추다가는 뭔지 모를 이 설렘이 가라앉을 것 같아서, 이번 여행을 '여자 셋의 책방 여행'이라 이름 짓고 아이들과 나, 셋이서 훌쩍 여행길에 올랐다. 아이들은 여자들끼리의 여행이 너무 신난다며 짐을 꾸리는 순간부터 흥분을 가라앉히지 못했다. 2015년, 추석이 막 지난 맑은 가을날이었다.

고양이와 해먹과 오두막이 있고, 다정한 두 분의 선생님이 계신 숲속작은책방에서의 하룻밤은 빠르게 지나갔다. 나무 냄새가 나는, 천장까지 닿은 책장 앞에 서니 언젠가 우리도 이렇게 땅에 발붙이고 사는 날이 오면 참 행복하겠다 싶었다.

다락방에서 소곤대던 아이들이 곤히 잠든 밤. 책방 선생님이 직접 담그셨다는 청귤청 차가 담긴 유리잔을 두 손으로 감싸 잡고 마주 앉은 부엌에서 나도 모르게 많은 이야기를 풀어놓았다. 두 분은 이렇게 책을 좋아하는 아이들은 많이 놀고 많이 읽기만 해도 괜찮을 거라 말씀해 주셨다. 지금은 그래도 되는 나이라고, 초등학교 시절을 꼭 학교 안에서 보내지 않아도 괜찮을 것이니 넓게 생각해 보라고 조언해 주셨다.

이야기를 들으며 신기하게도 두렵고 불안한 마음이 가라앉았다. 이야기는 질문이 되어 내 가슴에 박혔다. 우리 그냥 이렇게 지내도 괜찮은 것 아닐까? 받아쓰기 틀린 개수에 따라 똑똑한 아이와 그렇지 않은 아이가 나누어지는 생활, 수학 단원 평가를 한다고 긴장하는 생활 대신 좋아하는 책을 마음껏 읽고 결석 일수에 상관없이 긴 여행을 하며 많이 뛰고 많이 놀고 많이 자고 많이 생각하는, 무엇보다도 서로가 많이 대화할 수 있는 몇 년을 보내어도 괜찮지 않을까?

공부를 시키지 않아서, 학원을 보내지 않아서, 영어를 가르치지 않아서 너 참 대단하다는 말을 가족과 주위로부터 듣던 참이었다. 그러나 대단하다는 말이 쓰임에 따라 어떻게 다른 느낌을 내는지 잘 알고 있기에 때로는 버거운 무게로 나를 눌렀다.

나는 대단하다는 말이 아니라, 괜찮다는 이야기를 듣고 싶었나 보다. 내가 아이들에게 늘 하던 말을 사실은 나도 듣고 싶었던 것이다. 남들이 하는 대로 하지 않아도 괜찮아. 느리게 가도 괜찮아. 그거 몰라도 괜찮아. 괜찮아, 다 괜찮아.

따스한 조언으로 시작된 여자 셋의 책방 여행은 일정 내내 매우 즐거웠다. 오로지 책을 위한 여행이었다. 며칠 동안 책을 구경하고, 고른 책을 사고, 산 책을 읽으며 먹고 대화하고 놀았다. 책을 읽다 산책을 하고, 느리게 걷고 숙소로 들어와 읽은 책에 관해 이야기하다 잠들며 우리는 행복했다.

여행을 통해 확실히 알게 되었다. 책만 많이 읽어도 별일이 생기지 않는다는 것을. 세상의 시끄러움 속에서도 평온할 수 있다는 것을. 한 달 뒤 그해 겨울, 우리는 홈스쿨링을 시작했다.

아이는 자신이 원하던 대로 많은 책을 읽고 많이 웃고 최대한 논다. 관계에 대하여 자신을 둘러싸고 일어나는 일들에 대하여 그리고 자신에 대하여 긴 시간을 들여 생각하고, 때로는 가 보지 않은 곳들과 해 보지 않은 것들을 상상한다.

하루 중 내가 가장 좋아하는 시간은 아침에 일어나 커피를 마시며 아이가 지난밤 꿈에서 얼마나 많은 모험을 했는지, 혹은 얼마나 어이없는 꿈을 꾸었는지를 재잘재잘 이야기하는 시간이다. 이렇게 많은 시간을 들여 서로를 바라보고 이야기하다 때로는 아무 말 없이 생각만 하는 긴 시간을 보내는 것이 바로 우리가 원하던 모습이었다.

가끔 생각해 본다. 우리가 그 가을 책방으로 여행을 떠나지 않았더라도 지금의 모습으로 살고 있을까. 아닐 것 같다. 아이들과 갑자기 훌쩍 떠났던 책방 여행이 생각지도 않게 우리 삶의 방향을 슬그머니 돌려놓았다. 그 후 정말 많은 지역 서점들이 생겨났고 북스테이 형태의 책방도 곳곳에 문을 열었다. 올해가 가기 전에 아이들과 두 번째 책방 여행을 떠나고 싶다. 그 여행은 우리의 삶에 또 어떤 이야기를 해 줄까.

✳

작은 우주선을 타기 위해
오늘도 책방으로 간다

페이지를 계속 새로 고침하며 책이 어디쯤 오고 있는지 확인한다. 내게는 '인생의 책'이라 부를 만한 책이 몇 권 있는데, 그중 한 권이 아름다운 표지를 새로 입고 나왔기에 주문하고서 초조하게 기다리는 중이다.

　이미 갖고 있지만 기존 책은 출판사에서 전집으로 기획한 것이어서 같은 기획으로 묶인 다른 작가들의 책과 같은 표지를 가지고 있었다. 그러니 제 몸에 맞는 옷을 입고 재출간된 책을 외면할 도리가 없었다. 신상 잡화나 트렌드에는 관심이 없어도 좋아하는 책의 리커버판은 꼭 사야만 한다.

이렇게 오늘도 나는 내가 나에게 주는 선물을 기다린다.

　책 쇼핑의 역사는 17년 전 신혼 시절로 거슬러 올라간다. 결혼 후 서점과 도서관이 없는 지방 소도시에 살게 되면서 본격적으로 온라인 서점을 이용하기 시작했다. 사는 지역이 바뀌며 온라인 서점과 오프라인 서점, 동네 책방을 골고루 이용하다 보니 읽는 책만큼 쌓이는 책도 늘어났다.

　사는 책의 양이 읽는 책의 양을 앞지르게 되면서 집이 책으로 잠식당하기 시작했고 이사할 때마다 듣는 아저씨들의 한숨 소리에 움츠러들면서도 책 사는 일을 멈출 수 없었다. '책은 산 책 중에 읽는 것'이라는 유명 작가의 말이 최근 화제가 되기도 했지만, 나는 이미 십수 년 전부터 최선을 다해 그와 같은 일을 실천했던 셈이다.

　집은 점점 좁아지고 매달 쓰는 책값도 만만치 않아 서점 대신 도서관 이용을 시도해 본 적도 있지만 책을 소장하는 즐거움을 알게 된 나는 도서관에 정을 붙이기가 쉽지 않았다. 온전히 내 것인 책이어야 마음이 덜컹거리는 문장을 만나면 밑줄을 그을 수 있고, 그 문장이 있는 페이지에 색색별의 인덱스 테이프를 붙여 꾸밀 수도 있기 때문이다. 또 커피와 음식을 편안하게 먹으며 책을 읽는 소소한 기쁨도 놓칠 수 없었다.

해가 거듭될수록 책 표지가 나처럼 나이들어 색이 변하는 모습을 볼 수 있었고, 여러 번 읽은 책은 종이 사이사이에 공기가 스며들어 미세하게 부풀어 오른다는 사실도 알게 되었다. 그래서 나는 그냥 해 오던 대로 책을 빌려 읽는 사람이 아니라 사 읽는 사람으로 살기로 했다.

2015년부터는 책을 관리해 주는 핸드폰 앱을 이용하여 책을 살 때마다 등록한다. 가지고 있는 책인 줄 모르고 같은 책을 또 사는 실수를 몇 번 반복한 뒤 이용하기 시작했는데, 바코드를 찍어 등록하면 자동으로 작가별, 장르별, 출판사별로 분류하는가 하면, 내가 매달 몇 권의 책을 들였는지도 알려주는 똑똑한 앱이다. 이 프로그램을 사용한 이후로 가지고 있는 책을 또 사는 일은 벌어지지 않고 있다.

그런데 어느 날 월별 통계를 보니 매달 생각보다 많은 돈을 책 구입하는 데 쓰고 있었다. 책 사는 즐거움을 포기하고 싶지는 않았지만 대책이 필요했다. 외식을 줄이고 밖에서 마시는 커피도 줄였다. 당연히 옷과 신발도 관심사에서 멀어졌다. 무엇보다도 오랫동안 지속적으로 애정을 가지고 수집해 오던 클래식 카메라와 필름에 대한 소비를 끊었다.

그 모든 것보다 책을 사는 것이 좋았다. 언제라도 읽을 책이 있다는 것이 마음에 평온을 가져다주었다. 예상치 않았던 수입이 있는 달이면 온라인 서점 장바구니를 비울 수 있다는 생각에 기뻤다. 그달에 산 책이 많으면 다른 지출을 줄이고, 관심 가는 책이 없어 책을 적게 산 달이면 여유가 생겼다. 이쯤 되면 매달 엥겔지수를 측정하는 것이 아니라 콰르텟(내가 책 리뷰를 올리는 블로그와 SNS상의 아이디) 북지수를 측정하며 생활한다는 편이 맞겠다.

시인 장석주는 수입의 상당 부분을 헐어 책 사는 일에 쓰는 것은 말년을 대비한 노후 보험이라면서, 왜 책을 읽느냐는 물음에 '더 이상 책을 읽지 않아도 될 이유를 찾기 위해서'라고 답했다는 소설가 최인훈의 말을 인용한다. 누군가가 나에게 책을 왜 사느냐, 왜 읽느냐 묻는다면 나의 대답은 아름다운 소설 『건지 감자껍질파이 북클럽』에서 찾을 수 있을 것이다.

"그래서 제가 독서를 좋아하는 거예요. 책 속의 작은 것 하나가 관심을 끌고, 그 작은 것이 다른 책으로 이어지고, 거기서 발견한 또 하나의 단편으로 다시 새로운 책을 찾는 거죠. 실로 기하급수적인 진행이랄까요. 여기엔 가시적인 한계도 없고, 순수한 즐거움 외에는 아무 목적도 없어요."

그렇다. 책은 그저 내가 더 즐거운 삶을 살아가는 원천이 되어준다. 맛있는 음식을 먹는 것처럼, 아름다운 음악을 듣는 것처럼 그 자체로 즐거움이 된다. 나의 책 읽기에는 아무런 목적이 없고, 목적이 없는 책 읽기이기에 그 안에서 교훈이나 길잡이를 찾으려고도 하지 않는다. 책을 읽는 양과 모양새로 사람을 판단하기도 싫으며, 그럴 수도 없다고 생각한다.

그러나 나이를 먹고 아이를 키우며 조금 바뀐 점이 있다면, 책 읽기의 목적이 순수한 즐거움에서 조금 확장되기 시작했다는 점이다. 나는 이제 순수한 즐거움에 머물지 않고 책을 통해 세상을 보려 한다. 알지 못했던 것을 알려고 하며 분노도 하고 연대도 한다. 책 안에서 만난 새로운 세상을 내 일상으로 끌어당겨 적용해 보려는 노력도 한다. 사는 방식이 읽을 책을 결정해 주기도 하고, 읽은 책에 따라 살아가기도 한다. 이렇게 영역이 확장되는 독서에 단점이 있다면 콰르텟 북지수가 계속해서 가파르게 상승한다는 것, 그것뿐이다.

내게 독서는 여행이자 쉼이며, 출발지이면서 도착지이다. 수전 손택은 "독서란 모든 것을 잊고 떠날 수 있게 해주

는 작은 우주선"이라고도 했다. 나는 오늘도 작은 우주선을
타기 위해 빈 천 가방을 들고 책방으로 간다.

✳

실패와 취향으로 채워진
아이들의 책장

하늘은 뿌옇고 입안은 까끌까끌하다. 슬프게도, 이런 미세먼지 가득한 날씨를 익숙하게 여기며 이리저리 볼일을 보고 나니 그만 기운이 쪽 빠져 눕고만 싶었다.

"오늘은 좀 피곤한데 집으로 가는 게 어떨까?"

슬쩍 말을 던져놓고 아이들의 표정을 살피니 얼굴에 금세 슬픔이 깃든다. 아차, 싶다. 일주일 중 가장 좋아하는 일정인데 내 피곤함을 이유로 즐거움을 포기하라 한 셈이다. 나는 이내 남은 기운을 모두 끌어올려 말했다.

"내 정신 좀 봐, 마침 엄마도 읽고 싶은 신간이 나온 걸

깜박했네! 어서 가자."

아이들의 얼굴은 바로 환해졌고 목소리는 신이 나서 한껏 높아졌다.

언제부터인가 아이들은 좋아하는 책이 생기면 열 번, 스무 번을 반복해 읽기 시작했다. 여러 번 읽으면서도 마치 처음 읽는 것처럼 집중하고 빠져들었다. 도서관에서 빌린 책은 2주가 지나면 반납해야 하니 시간이 지나 다시 읽고 싶어도 바로 책장에서 꺼내 읽을 수가 없다며, 좋아하는 책이 생기면 소장하기를 원했다.

생각해 보면 나도 바로 그 이유로 책을 빌려 읽기보다 사서 읽는 쪽을 택했는데 아이들도 어느새 같은 이야기를 하게 된 것이다. 칭찬받을 일을 하거나 기념일이 되면 다른 선물 대신 가지고 싶었던 책을 요구해 왔다. 그런 아이들을 보며 일주일에 한 권씩 소장할 책을 직접 고르는 시간을 가지면 어떨까 하는 생각이 들었다.

그때부터 학교가 일찍 끝나는 수요일을 서점 가는 날로 정해 하고 후 바로 서점으로 가서 책을 구경하다 한 권을 사고, 떡볶이까지 사 먹고 돌아오는 생활이 시작되었다. 아이들은 수요일이 오기만을 기다렸고, 수요일 아침이면 서로 "너는 오늘 어떤 책을 살 거야?"라는 대화를 나누며 즐거워했다.

　　서점에서 시간을 보낸 뒤 먹는 떡볶이는 너무나 맛있었는데 때로는 그날 새로 산 책에 빨간 국물을 흘려 울상이 되기도 했다. 홈스쿨링을 시작한 이후로는 요일에 구애받지 않고 매주 상황에 따라 편한 요일에 서점을 가지만, 책을 구입하는 우리만의 약속을 만들어 꾸준히 지키고 있다.

　　막상 서점에 가면 처음 생각과는 달리 이것저것 사고 싶어지기 때문에 집에 함께 갈 책은 딱 한 권만 고를 것, 계속 추가해야 하는 연속 출판물은 신중할 것, 원작이 따로 있는데 어린이용으로 재편집한 책은 피할 것 같은 소소한 규칙을 정하기도 했다.

　　엄마는 한 번에 몇 권씩도 사면서 우리들은 왜 꼭 한 권만 골라야 하느냐는 불만이 터져 나오기도 했는데 '엄마가 사는 책들은 몇 년만 지나면 다 너희의 것'이라 말하니 납득하는 듯했다. 꽤 자주 말해 줘야 한다는 게 함정이지만.

　　처음에는 대부분 읽었던 책 가운데 재미있었던 것을 골라오던 아이들이 이제는 제목과 작가, 뒤표지의 간략한 줄거리만 읽고서 새로운 책을 선택한다. 좋아하는 작가도 생겨, 그 작가의 신간이 나오면 알려 달라고 부탁하기도 한다. 가끔은 내가 권유하는 책도 선택하지만 대부분의 책을 스스로 고른다.

물론 어른이 미리 들여다보거나, 이른바 추천 도서들로만 책장을 꾸며주면 더 편할지도 모른다. 소위 '실패하는 책' 없이 그럴듯한 책장이 완성될 테지만, 정작 읽는 아이의 개성은 드러나지 않는 밋밋한 책장이 될 것이다. "이 책 다음엔 이거 읽어, 너희 나이에는 이걸 꼭 읽어야 한대."라며 권장하는 책만 읽어야 한다면 얼마나 재미없을까.

아이의 영양 불균형을 막기 위해 일정한 음식을 권유할 수는 있지만, 언제까지고 따라다니며 챙겨 먹일 수 없는 것처럼 책도 그렇다. 재밌을 것 같았으나 재미가 없을 수도 있고 때로는 전혀 생각하지 못한 내용이 책 속에서 튀어나올 수도 있다. 하지만 그런 경험을 통해야 책을 고르는 눈이 밝아진다. 우리 모두가 비슷한 과정을 통해 집에 들일 책을 고를 수 있는 지금에 이른 것이 아닐까.

한산한 책방으로 들어가 아이들을 풀어 두면 상기된 얼굴로 새로운 책 한 권을 손에 들고 돌아온다. 내 책장이 나만의 색으로 채워진 것처럼, 아이들 방의 책장도 그렇게 채워지는 걸 흥미롭게 지켜본다.

아이들에게도 확고한 책 취향이란 것이 있어서, 벽에 나란히 놓인 두 아이의 책장에 꽂힌 책들은 달라도 너무 달라 웃음이 나온다. 한쪽에는 판타지 문학을 위시해 문학책이 가득하고 다른 한쪽에는 반려동물 관련 책과 요리책으로 빼곡하다. 내가 골라주거나 어디선가 추천받은 책들로 채웠으면 절대 볼 수 없었을 광경이다.

나이가 들수록 취미와 취향을 공유하는 일이 점점 더 어렵게 느껴진다. 마음 맞는 이를 만나기도 어려울뿐더러 가까웠던 이들과 소원해지기도 하는데, 이렇게 말이 잘 통하고 언제고 책방에 가는 일을 기꺼워해 주는 친구들과 같이 살고 있으니 정말로 즐거운 일이 아닐 수 없다.

어느덧 아이와 함께 책방 나들이를 시작한 지 7년. 우리는 책 덕후로 사이좋게 지내고 있다.

✳

우리만의 책과 생활

잠결에 무슨 소리를 들은 것 같다. 알람 소리 같아 눈을 떴는데 휴대폰은 고요하기만 하다. 그런데 몇 시간 뒤 아침 인사를 하러 온 아이의 얼굴에 해사한 생기가 돈다. 방금 일어난 얼굴이 아니었다. 혹시 새벽에 들은 알람 소리가 아이의 것인가 싶어 몇 시에 일어났느냐 물으니 배시시 웃으며 새벽 4시 반에 일어났다고 한다. 자기 전에 읽던 책이 너무 재미있어 마저 읽고 싶었는데 엄마가 자라고 하기에 자야 했고, 아침에 빨리 일어나서 이어 읽고 싶어 몰래 새벽 4시 30분에 알람을 맞춰 두었다는 것이다.

그렇게까지 무언가를 열정적으로 읽었던 때가 언제인지 모르겠다. 자려고 누웠다가 안 되겠다 싶어 다시 일어나 책을 읽으며 밤을 지나 보내고, 서서히 푸른색으로 변하는 새벽의 알싸한 기운을 느끼던 날들이 내게도 있었다. 뭔가 중요한 일을 하는 것 같고, 나쁜 일은 아니지만 들키면 안 될 것만 같은 기분. 아이도 그 옛날의 나처럼 그런 기분을 느꼈을까. 낮에 읽는 책과 새벽에 읽는 책은 다른 온도로 기억된다는 것을, 아이도 알고 있는 걸까.

홈스쿨링을 시작할 때 내가 가장 기대하던 부분은 '같은 책 함께 읽기'였다. 첫 책을 마크 트웨인의 『톰 소여의 모험』으로 정하고 같은 책을 세 권 구입하며 신났던 날이 아직도 기억난다. 학창 시절에 읽었지만 어쩐지 책보다는 만화의 장면만 머릿속에 남아 있는 그 책 말이다. 아이들이 다른 사람의 마음을 잘 생각하지 않는다며 폴리 이모를 나무라던 것이 기억에 남는다. 톰 소여가 말썽을 피우는 이유도 이모에게 있다며 말이다.

여덟 번째 생일을 막 넘겼던 아이들과 대화를 주고받으며, 책 속에서 이전에는 생각지 못했던 사실이나 관점을 발견하는 놀라움이 있었다. 아쉽게도 같은 책을 함께 읽으려는 시도는 아이와 함께 읽을 만한 책을 부지런히 발견하지 못한 나로 인해 흐지부지 되고 말았다.

대신 조금 더 자란 아이가 자신이 고른 책을 읽고 이야기해 주면 나도 내가 읽은 책 가운데 나누고 싶은 내용을 들려주며 시간을 보냈다. "어머 정말? 잠깐만, 엄마가 읽은 책에서도 비슷한 얘기가 있었던 것 같아!"라고 말할 때 아이의 얼굴에 피어오르는 기대감을 놓치지 않으려 애쓰며 말이다.

수년 전 윌 슈발브의 『엄마와 함께한 마지막 북클럽』을 읽었다. 출판사의 편집장을 지낸 아들은 췌장암으로 병원에서 화학 요법 치료를 받던 어머니를 자주 방문한다. 죽음을 앞둔 칠십 세의 어머니는 바쁜 하루를 보내고 면회를 온 아들에게 묻는다.

"그래, 넌 요즘 누구의 책을 읽고 있니?"

밥은 먹었니, 뭘 먹었니, 오늘 일은 어땠니 같은 질문이 아니라 요즘 누구의 책을 읽고 있냐는 질문이 칠십의 어머니와 중년의 아들 사이에 가능할 것이라 생각하지 못했던 탓일까. 나는 꽤 충격받았고 매우 부러웠다. 그런데 지금은 어쩌면 이 대화가 우리에게도 가능한 일이 될 수 있겠다는 생각이 들어 설레기도 한다. 나 혼자 가만히 따라 읽어본 말. 그래, 넌 요즘 누구의 책을 읽고 있니?

　　최근, 이사 오며 쌓아 두었던 박스를 정리하다 몇 년 전에 쓴 아이의 일기장을 살짝 들여다보았다. 넘기다 보니 하루 계획표가 적혀 있었다. 그림 그리고, 책 읽고, 영화 보고, 밥 먹는 일이 반복되는 하루였다. 남는 시간에는 '놀기'라고 적혀 있었지만 내가 알기로 아이는 그 노는 시간에도 책을 읽었다.

　　그러고는 책과 생활을 자연스레 연결해 나갔다. 나에게 혼이 났던 어느 날에는, "밖에서 개가 짖는다. 『살아남은 자들』에 나오는 개들처럼 저 개도 슬픔의 냄새를 맡은 것일까? 내 슬픔의 냄새를 맡고 함께 울어주는 것 같다."라고 적어놓았다. 아이는 슬퍼하며 글을 썼을 텐데 내게는 너무 낭만적인 글로 읽혔다.

　　자신만의 속도로 걷고 있는 이 아이의 보물 같은 순간들을 지켜주고 싶다. 모든 아이들이 같은 과정을 거쳐야 하고, 누구나 같은 빠르기로 걸어야 한다고 생각하는 사람들에게서 자꾸만 벗어나고 싶다. 그들이 보기에 느긋한 아이는 어딘가 느리고 부족해 보일 것이며, 기다려주는 나는 천하태평으로 보일 것이다.

가끔은 나도 세상의 속도와, 가까운 이들의 불안에 영향을 받아 흔들리고 두려워진다. 하지만 분명한 것은 내가 아이의 책 읽는 모습을 보고 배우며, 아이의 글에 감동받는 일이 잦아지고 있다는 것이다. 아이의 말과 글을 통해 나를 다시 본다. 그러니 내가 해야 할 일은 조급해 하거나 불안해 하지 않고 지켜보는 것일 테다.

오늘은 아이가 어떤 책을 읽고 있는지 살짝 미리 들여다봐야겠다. 아이는 이런 내 꼼수도 모르고 "엄마는 어떻게 제 얘기만 들으면 딱 맞는 책이 생각나요?" 하며 감탄할 것이다. 아무래도 책이 나오면 이 글은 가리고 보여줘야겠다.

＊

나의 어린 책 친구를 응원하며

우연한 기회에 읽고서 아끼게 된 책이 있다. 책 속의 엄마는 딸과 함께 어울려 놀기만 했지 한글을 가르칠 생각은 전혀 하지 않은 채 아이를 학교에 입학시킨다. 그 결과 아이는 자기 이름도 제대로 써 오지 못하곤 한다. 엄마는 맞춤법이 엉망인 아이의 일기를 교정해 주는 김에 엄마의 생각을 짤막하게 적어주기로 했고, 그렇게 시작된 교환 일기는 아이가 중학교 2학년이 될 때까지 계속된다. 그 일기들을 엮은 것이 바로 내가 아끼는 책, 『100% 엔젤-나는 머리냄새나는 아이예요』이다.

저자 조문채는 딸에게 글씨를 예쁘게 쓰라거나 숙제를 미루지 말라거나 하는, 통상적으로 부모가 자식에게 할 법한 말들을 일체 하지 않는다. 학교에서 선생님 말씀은 잘 들었는지 무엇을 배웠는지도 묻지 않는다. 그저 친구처럼 대화를 나누고 생각해 보았으면 하는 문제에 대해 질문을 툭툭 던질 뿐이다. 그 대화나 질문이 인상적이었던 날이면 딸의 일기는 길어진다.

이를테면 조금만 지나도 머리냄새가 나는, 홀로 감기에는 버거운 긴 머리를 감겨주면서 엄마가 묻는다. 가난하거나 더럽거나 신체가 부자유스러운 아이가 친구하자고 하면 어떻게 할 것이냐고. 질문을 받은 딸은 마음속으로 예쁘고 명랑하고 공부도 잘하는 친구들과 어울리고 싶다는 생각을 한다.

그때 엄마가 말한다. 너도 머리냄새나는 아이인 걸 기억하라고. 그러면 가난하거나 더럽거나 몸이 불편한 친구들과 네가 똑같다는 걸 알게 될 것이라고. 어쩐지 마음이 슬퍼진 딸은 그 말을 가슴 깊이 새기고 그날의 일을 일기에 적는다.

이 책을 읽을 당시 아이는 막 걸음마를 하고 겨우 몇 개의 단어를 말할 정도로 어렸지만, 어떤 엄마가 될 것인가에 대한 고민은 내게 있어 아이를 먹이고 씻기고 재우는 것만큼이나 중요한 문제였다. 그러나 비슷한 시기에 아이를 낳아 키우는 친구들도 없었고, 같은 고민을 가진 사람들과 만나서 이야기 나눌 기회도 없어 막막하기만 했다.

나의 외로운 고민을 이 책이 조금은 덜어주었다. 돈의 많고 적음, 몸의 깨끗함이나 더러움, 혹은 불편함이 어떠한 편견의 시선을 정당화하는 이유가 될 수 없음을 아이에게 계속해서 이야기해 주는 엄마가 되어야겠다고 결심했다.

그 무렵 육아 시장의 독보적인 키워드는 '자존감'이었다. 어디에서든 아이의 자존감을 지켜주고 자녀의 마음을 어루만지기 위해 타인의 불편함에 눈을 감는 양육자를 어렵지 않게 마주칠 수 있었다. 어떠한 상황에서도 내 아이의 마음만은 다치지 않아야 한다는 입장에서 보자면 나는 다소 엄하고 예민한 엄마였다.

하지만 내 아이라고 해서 잘못된 행동을 하고 타인에게 피해를 주는 데도 눈감는 것이 과연 아이의 자존감을 높이는 방법일까. 조금의 불편함도 참아내지 못하는 아이가 자라서 편견 없는 시선으로 다름을 받아들일 수 있을까. 모든 의문의 답은 양육자인 내가 스스로 찾아 나가야만 했다.

아이에게 하는 말과 행동은 동시에 나를 향한 것이기

도 했다. 나 자신이 머리냄새나는 사람인 걸, 결함 덩어리라는 걸 누구보다 잘 알기에 좋은 엄마가 되기 전에 더 나은 사람이 되어야 했다. 어떤 엄마가 될지를 고민하는 일은 곧 내가 어떤 모습으로 살아갈지를 결정하는 일이었다. 부끄럽게도 아이를 낳고 나서야 비로소 더 나은 어른이 되고 싶다는 생각을 하게 된 것이다.

물론 아이를 키우는 일이 인상적인 책 한 권을 읽었다 해서 수월해질 리 없으며, 내 아이가 그럴싸한 이론에 끼워 맞춘 듯 자라줄 리는 더더욱 없다. 아이가 세상과 발맞춰 자라 준다면 좋겠지만, 조금 느리거나 뒤처질 수도 있을 것이다. 나도 모르게 마음에 스며든 욕심과 부딪힐 때면 내 아이는 머리냄새나는 사람임을 기억하자고 마음먹었다.

어느새 아이의 키와 몸무게는 나와 엇비슷해졌지만, 텅 빈 놀이터를 발견하고서 그네로 달려가는 모습은 아직도 마냥 어린아이 같다. 오래 전 내가 책에서 읽고 품었던 바람처럼 타인의 마음을 보듬을 줄 아는 따뜻함도 보인다. 그런가 하면 욕심을 내려놓기로 한 내 다짐을 시험하듯 아이는 선택의 순간마다 다른 길을 택하기도 한다. 나는 천천히 걷는 아이의 뒤를 기꺼이 따라 걷는 중이다.

　아이를 어떻게 키울까, 아이와 어떤 시간을 함께할까, 아이에게 어떤 엄마가 되어야 하나 고민했던 시간을 지나, 이제 나는 아이와 어떻게 이별할까를 생각한다. 조금 이른 생각일지 몰라도 잘 이별하고 싶다. 때가 되었을 때 질척대지 않고 엄마의 자리를 훌훌 털어버리는 것이 나의 새로운 목표이다. 아이가 어떤 선택을 하더라도 응원하며 바라보리라 다짐했던 것처럼 지금부터 조금씩 긴 마음의 준비를 해야 할 듯하다.

　엄마의 손길이 필요했던 존재로서의 아이를 잘 떠나보내고, 나보다 조금 어릴 뿐인 새로운 친구로서의 아이를 맞이할 마음의 준비를.

part 2.

엄마와 딸이 나눈
책 편지

책 속 공백을 상상하며
읽어나가기

제가 어렸을 때 엄마 방 책장에 『나니아 연대기』가 꽂혀 있었잖아요. 표지에 무서운 사자가 그려져 있어서 매일 밤 엄마에게 갈 때마다 얼마나 무서웠는지 몰라요. 눈을 감고 지나가려다가 벽에 부딪힌 적이 있을 정도로요. 지금 생각해 보면 정말 우습죠. 저는 정말 판타지 문학을 좋아하는데 말이에요.

몇 년 뒤 책을 읽고 나서야 사자가 좋은 캐릭터라는 걸 알게 되었고 『나니아 연대기』를 무척 좋아하게 되었어요. 실은 클라이밍 수업을 처음 갔을 때 선생님께서 무서운 분인 것 같아 잔뜩 긴장했거든요. 그런데 선생님의 상냥하고 부드러운 목소리를 듣는 순간, 제가 잘못 생각했다는 걸 알았죠. 사람을 겉모습만 보고 판단할 수 없듯이 책도 표지만 보고 섣부르게 내용을 짐작해서는 안 되는 것 같아요.

『나니아 연대기』의 주인공들은 갑자기 현실에서 나니아 세계로 떠나기 때문에 읽다 보면 제게도 그런 마법 같은 일이 일어날 것만 같아요. 당장이라도 제가 어떤 행동을 하면 나니아 세계로 갈 수 있을 것 같은 기분이 들죠.

특히, 주인공 남매가 옷장을 통해 나니아 세계로 들어가는 「사자와 마녀와 옷장」 부분이 제일 좋았어요. 저도 여섯 일곱 살 때 옷방 창고 구석에 인형을 가지고 들어가 노는 걸 좋아했잖아요. 옷장 속에 다음에 이사 올 사람을 위한 편지를 남겨두기도 했고요.

잘 때마다 엄마가 이 책을 한 쪽씩 읽어주던 일도 기억나요. 사실 매일 한 쪽만 듣는 게 아쉬워서 기다리지 못하고 어느 날 혼자 다 읽어버렸지만요.

이렇게 저만 해도 『나니아 연대기』와 관련된 몇 가지 추억을 갖고 있는데, 이 책을 읽은 사람들의 '『나니아 연대기』 추억'을 모두 합하면 얼마나 될까요? 정말 셀 수 없을 만큼 재미있는 추억이 잔뜩 있을 것 같아 다른 사람들의 추억이 궁금해요.

나니아의 시간은 지구의 시간과 많이 달라요. 현실에서는 시간이 아주 잠깐밖에 흐르지 않았는데 나니아에서는 100년의 세월이 흐르기도 하죠. 어떻게 보면 책도 비슷한 것 같아요.

글을 쓰는 중간에 작가가 밥을 먹거나 외출했다 돌아와도 독
자들은 작가가 글을 쓰는 중간에 무엇을 했는지 모르잖아요.

독자들이 문장에서 문장으로 건너뛰는 것은 불과 몇 초지만
두 문장 사이에 작가는 세수를 하고 왔을 수도, 밥을 먹었을
수도, 여행을 다녀왔을 수도 있죠. 제가 이 글을 쓰는 데에도
문장과 문장 사이에 공백이 있어요. 하지만 읽는 사람들은
그저 문장만 볼 뿐, 그 공백은 보지 못하죠.

『나니아 연대기』는 무척 두꺼운데, 이 책에는 얼마나 많은 공
백이 있을까요? 그런 공백들을 상상하며 읽으면 두꺼운 책이
어도 지루하지 않고 읽는 시간이 참 빨리 가요. 엄마도 책 속
공백들을 상상한 적이 있으세요?

책 속에 책의 내용뿐 아니라 많은 사람의 이야기가 얽혀 있
다는 게 정말 굉장해요. 책이 쓰이고 서점에 나오기까지의
과정뿐만 아니라 책을 읽고 독자가 느낀 감정, 그 책에 있는
추억 같은 것들 말이에요. 눈으로만 책을 보면 인쇄된 글자
와 종이가 보일 테지만 마음으로 책을 보고 느끼면 그 이상

의 것을 보게 돼요.

이 책을 다 읽을 때까지 하나의 질문이 머릿속에서 떠나질 않았어요. 제가 판타지 소설을 읽을 때마다 스스로에게 하는 질문인데요. 정말 이런 세계가 있다면 어떨까요? 사람들은 뭐라고 할까요? 현실적인 사람들은 이렇게 말할 것 같아요.

"이런 위험한 세계는 당장 금지해야 해요! 정말 말도 안 돼요! 사자가 왕이라니!"

모험심과 호기심이 많은 사람은 이렇게 말하겠죠.

"그런 나라가 정말 있다고요? 세상에! 당장 가야겠어요! 들어가는 입구는 어디 있죠?"

제 생각엔 진짜 이런 세계가 있다면 전쟁이 날 위험도 커질 것 같아요. 나니아 세계에서도 여러 나라가 존재하니까요. 하지만 살면서 한번쯤 그런 곳에 갈 수 있다면 엄청난 영광일 거예요. 신나는 경험이 될 테고요. 숲을 마구 뛰어다니며 무모하고 용감한 일을 하는 제 모습이 상상이 가세요? 현실의 저와는 매우 다른 저만의 나니아 연대기를 쓸 날이 오기를 바라고 있어요.

❖『나니아 연대기』(C.S 루이스, 햇살과나무꾼 옮김, 시공주니어)

상상력이라는
마법 같은 힘

며칠 전에는 기온이 28도까지 올라 벌써 여름인가 했는데 오늘은 눈을 보다니, 정말이지 꿈을 꾸고 있는 것만 같아. 겨우 두어 시간 달려 시골로 왔을 뿐인데 완전히 다른 세계가 펼쳐졌네. 5월을 며칠 남겨 두고 눈을 볼 줄은 상상도 못 했기에 비가 눈으로 바뀌는 순간 우리는 함께 탄성을 내뱉었지. 이런 꿈같은 일들을 종이에 옮기는 것, 판타지 문학의 시작도 그런 걸까?

솔직히 말하자면 초자연적 현상이나 마법, 신화나 전설 등을 중요한 소재로 삼아 이야기를 끌어가는 판타지 문학은 엄마에게 좀 멀게 느껴지는 분야였어. 그래서 다른 책들에 비해 즐겨 읽지 않았지. 엄마는 상상력이 부족한 사람이고, 현실 세계에서 일어나는 일에도 의심이 많은 사람이라서 하나하나 질문하기 시작하면 끝이 없는 판타지의 세계가 어렵게 느껴졌나 봐.

그래서인지 매일 밤 너에게 『나니아 연대기』를 한 쪽씩 읽어주면서 나도 이야기가 도대체 어떻게 전개되면 이렇게 두꺼운 책이 나오나 싶었어. 새삼 작가의 역량이 놀랍게 느껴졌지만 제대로 읽어봐야겠다는 생각은 하지 못한 것 같아. 며칠이 지나고 뒷이야기가 궁금해 도저히 잠을 잘 수가 없다며 책을 다 읽은 너를 보면서 그제야 궁금해졌단다. 어떤 모험의 세계가 펼쳐져 있기에 네가 빠져드는 걸까 하고 말이야.

너의 글을 읽고 엄마도 두 권의 책이 떠올랐어. 한 권은 최근에 우연히 읽게 된 프랑스 작가 크리스텔 다보스의 『거울로 드나드는 여자』라는 책인데 주인공인 오펠리는 아니마라는 섬에 살아. 아니마에 사는 사람들은 모두 저마다 특별한 능력을 가지고 있어.

그중에서도 오펠리는 거울로 드나들 수 있는 능력과 물건을 만지면 그 속에 담긴 이야기를 읽을 수 있는 능력을 지녔어. 성장한 오펠리는 집안 어른의 결정으로 다른 섬으로 가게 되고 그곳에서 여러 번 곤란한 상황에 빠지지만 거울로 드나드는 능력 덕분에 무사히 위기를 넘기곤 해.

다른 한 권은 루이스 캐럴의 『거울 나라의 앨리스』야. 너도 이미 알고 있겠지만 『이상한 나라의 앨리스』의 속편인 『거울 나라의 앨리스』에서도 앨리스가 서서히 녹아내린 거울 속으로 들어가잖아? 오펠리가 거울을 통해 공간을 이동한다면, 앨리스는 모든 것이 반대로 보이고 시간의 흐름도 반대인 거울 속의 세상에서 체스의 말이 되어 여러 가지 경험을 하고 돌아오지.

사실, 주인공이 거울을 통해 드나든다는 점을 빼면 두 권 사이의 공통점은 없어. 하지만 거울로 사람이 들어간다는 설정 자체가 『나니아 연대기』에서 주인공 형제들이 벽장을 통해 새로운 세계로 가는 것만큼이나 너무나 기발하다고 생각되었어. 어쩌면 1980년생인 크리스텔 다보스가 어린 시절 루이스 캐럴이나 C.S. 루이스의 책을 읽고 상상의 나래를 펼쳤는지도 모를 일이지.

상상력이 주는 힘은 무엇일까? 엄마도 거실에서 텔레비전을 보시는 할아버지 할머니에게 들키지 않고 밖에 나가 놀 수 있도록 투명망토 같은 것이 있으면 좋겠다고 생각한 시절이 있었어. 또 이모가 빌려다 놓은 책에서 루마니아의 전설인 뱀파이어 백작의 이야기를 읽고는, 이모가 혹시 뱀파이어가 아닐까 하는 상상에 사로잡혀 한동안 이모와 말도 안 하고 작은 십자가를 쥐고 잠들던 때도 있었단다.

평범한 나에게 남들은 모르는 특별한 능력이 있을지도 모른다고 생각해 보는 시간, 그 시간만큼은 아무것도 두렵지 않은 마법 같은 힘을 가진 사람이 되지. 때로는 엉뚱한 상상 때문에 두려움에 떨거나 겁을 먹기도 하고 말이야. 상상에 빠져 여러 모습의 나를 마주하는 시간이 네가 말한 수많은 공백의 원천이 되는 것일지도 모르겠어.

네가 지금보다 많이 어렸을 때, 하도 조용해서 다가가 보면 혼자 중얼중얼하거나 눈을 감고 가만히 앉아 있더라고. 그래서 뭐하느냐 물어보면 "상상하고 있어요!"라고 대답했지. 그러면 엄마는 방해하지 말아야겠다 싶어 슬그머니 자리를 피했어.

『거울로 드나드는 여자』에서 아니마섬 사람들 모두가 거울로 드나들 수 있는 건 아니라고 했잖아? 책에서는 거울을 마주보는 것은 자신을 마주하는 일이기에 배짱이 있어야만 한다고 설명해. 스스로를 있는 그대로 마주하고 받아들일 배짱이 있는 사람만이 모험을 감내할 자격이 있다는 말이겠지.

네가 판타지 소설을 읽을 때마다 해 본다는 질문을 엄마도 해 봤어. 엄마는 아무래도 "이런 위험한 세계는 당장 금지해야 해요!"라고 말하는 부류이지 않을까.

대부분의 순간에 엄마는 정말 재미없는 사람이야. 하지만 요엘이는 언제나 배짱 좋게 자기 자신을 마주보는 아이였으니, 책을 읽으며 글자로 적히지 않은 공백을 상상하는 너는 너만의 모험을 하고 '너만의 나니아 연대기'를 충분히 쓸 수 있을 거야.

우리 이번에 여러 가지 질문을 주고받았네. 대답을 할 수 있는 것도, 대답하기 어려운 것도 있었지만 그게 바로 책 읽기의 매력이라고 생각해. 서로 다른 질문을 하고 서로 다른 대답을 하는 것, 계속해서 읽어나갈 세계가 있기에 대답하지 못한다 해도 괜찮은 것.

엄마도 올해가 가기 전에 꼭 『나니아 연대기』를 끝까지 읽어 볼게. 매우 두꺼워서 엄두가 잘 나지 않지만, 네가 느낀 공백 들을 엄마도 느껴보고 싶어.

❖ 『거울로 드나드는 여자』(크리스텔 다보스, 윤석헌 옮김, 레모)
❖ 『거울 나라의 앨리스』(루이스 캐럴, 이소연 옮김, 펭귄클래식코리 아)

친구들과의 진정한
세계 여행을 꿈꾸며

'가는 길에 아프면 어떡하지? 멀미가 나면 어쩌지?' 저는 비행기나 버스, 자동차로 오래 걸리는 곳에 갈 때마다 이런 걱정을 해요. 엄마도 아시다시피 이런 걱정 때문에 이탈리아에 갔을 때도 멀리 떨어진 박물관에 가지 못했잖아요.

한국으로 돌아오는 비행기 안에서도 두려웠던 게 생각나요. 비행기가 이륙한 뒤 어두운 빛깔의 바다를 보면서 '분명 상어가 있을 것 같은데 비행기가 추락하면 어떡하지?' 같은 생각이 들었고 그런 두려움이 꼬리에 꼬리를 물고 계속 생겨났어요. 지금 생각하면 웃음만 나오는 정말 뜬금없는 생각과 걱정들이지만 그때는 얼마나 진지했는지 몰라요. 이제는 멀리 여행을 가도 그다지 긴장하지 않게 되서, 예전에 가지 못했던 곳들이 아쉽기만 해요.

『모모야 어디 가?』는 '헬프엑스HELPx'라는 신기한 방법으로 무려 네 달 동안 유럽을 여행한 작가의 이야기예요. 헬프엑스는 여행자가 '헬퍼'가 되어 호스트의 집에서 일을 해 주고 먹을 것과 잘 곳을 제공받으며 여행하는 거래요.

나도 헬프엑스로, 그것도 혼자 여행을 할 수 있을까 생각해
봤어요. 작가가 유럽을 여행하며 사귄 친구들이나 추억들을
보니 저도 그런 경험을 만들고 싶더라고요. 하지만 낯선 나
라에서, 처음 보는 사람의 집에서 일하고 생활한다는 건 무
척 용기가 필요한 일이잖아요. 게다가 호스트로 구한 사람이
어떤 사람일지도 모르고요. 친구 몇 명과 함께 간다고 해도
어떨지 모르겠어요.

만약 용기가 생겨서 헬프엑스로 여행을 하게 된다면 제가 가
고 싶은 나라는 단연코 영국이에요. 주말은 헬퍼의 자유 시
간인데, 저는 아마도 해리포터 관련된 것들을 구경하는 데
그 주말을 다 써버릴 게 확실해요.

그런데 지금까지 한 말은 모두 제가 열여덟 살이 넘어야 가
능한 이야기예요. 그 미만은 호스트의 동의가 있어도 보호자
가 동반해야 하거든요. 방학 때 엄마나 아빠와 같이 가는 것
도 좋은 경험이 될 것 같지만, 좀 더 기다렸다 열여덟 살이
넘은 뒤 친구들과 같이 가고 싶기도 해요. 앞에서는 용기를
낼 수 있을지 모르겠다고 했는데 글을 쓰다 보니 점점 더 헬

프엑스를 할 수 있겠다는 용기가 생겨요.

『모모야 어디 가?』를 통해 여행의 의미를 다시 생각하게 되었어요. 사실 지금까지 여행이란 아침 일찍 일어나 그날 하루에 관광지 몇 군데를 둘러보는 거라고 여겼거든요. 그런데 이 책을 읽은 뒤에는 여행의 모습이 매우 다양하다는 걸 알았어요.

저는 아침 일찍 일어나 허겁지겁 밥을 먹고 몇 시간을 달려 관광지를 구경하러 다니고 싶지 않아요. 이 책의 작가처럼, 한곳에 오래 있으면서 일상을 살아보고 싶어요. 유명한 장소만 둘러보며 바쁘게 여행하는 것은 그 나라의 실제 모습을 보는 게 아닌 것 같아서요. 그런 생각을 가지고 이 책을 다시 읽어보니 헬프엑스가 진정한 여행을 하는 데 정말 좋은 방법으로 보이더라고요.

오늘 할머니한테 헬프엑스에 대해 설명해 드렸더니 무척 좋아하셨어요. 저만큼이나 그런 여행법이 있다는 것에 놀라셨죠. 할머니의 반응을 보니 언젠가 할머니와도 헬프엑스를 같이 가고 싶다는 생각이 들었어요. 관광지를 도는 여행에 익숙하신 할머니를 제가 잘 챙겨야겠죠?

『모모야 어디 가?』 작가님의 북토크에도 갔었는데, 제가 지금보다 어렸을 때라 정작 하고 싶었던 질문을 하지 못했어요. 지금 작가님을 만난다면 헬프엑스를 통해서 얻은 것이 무엇이냐고, 헬프엑스를 하면서 사귄 친구들을 생각할 때 어떤 기분이냐고 물어보고 싶어요. 저는 헬프엑스를 통해 친구를 사귀게 되면 뭔가 뿌듯하고 자랑스러울 것 같아요. 돌아와서 그 친구들을 생각하면 웃음이 나올 것 같고요.

책 덕분에 새로운 사실을 알게 되고, 생각이 바뀌어서 정말기뻐요. 책은 정말 많은 힘을 가지고 있는 것 같아요. 우리에게 새롭고 귀한 사실을 알려주고, 넓은 상상력을 가지게 해주니까요. 이 책이 여행에 대한 제 생각을 바꿔놓은 것처럼, 어쩌면 누군가의 인생을 바꿀지도 모르겠어요.

엄마가 그러셨죠. 계속해서 읽어나갈 세계가 있기에 질문에 대답을 못 하더라도 괜찮은 거라고. 저 역시 계속해서 읽어

나갈 세계 속에서 질문하고 깨달으며 살아갈 거예요. 그리고
언젠가 멋진 여행을 떠날 거예요.

❖『모모야 어디 가?』(김소담, 정은문고)

의심과 두려움을
이겨낸 사람들

엄마는 전부터 혼자 하는 여행에 큰 매력을 느끼지 못했어. 겁이 많아서 그런가 싶었고 원래 집에 있는 걸 좋아하니까 그런가도 싶었는데, 가만히 생각해 보니 여행의 의미를 어디로 가느냐보다 누구와 가느냐에 더 크게 두어서 그랬던 것 같아. 열일곱 살부터 혼자 살았던 엄마의 삶이, 이른 나이부터 혼자 결정하고 살아갔던 날들이, 조금은 벅차서 자주 지치고 외로웠나 봐.

그래서 여행까지 굳이 혼자 갈 이유를 찾지 못했던 게 아니었나 싶어. 함께 갈 사람이 없으면 여행 갈 생각조차 하지 못했던 거야. 만약 엄마가 여행의 의미를 누군가와 함께하는 데 두지 않고 새로운 곳에서 새로운 경험을 하는 일에 두었더라면, 조금 용기를 내어 혼자서 길을 나서봤더라면, 얽매이지 않고 훌쩍 떠날 수 있었던 젊은 날을 그냥 떠나보내지 않았더라면 어땠을까? 요즘은 많은 곳에 가서 다양한 것을 보고 느끼지 못한 채 흘려보낸 시간들이 좀 아쉽게 느껴져.

엄마가 읽은 책 중 가장 강렬한 여행의 모습으로 남아 있는 책은 셰릴 스트레이드의 『와일드』야. 어머니의 갑작스런 죽

음을 받아들이지 못했던 저자는 삶이 제멋대로 흘러가게 두
는 시간을 가져. 하지만 그런 생활은 결국 자기 자신을 망치
게 되고 그걸 깨달은 저자는 인생을 재정비하기 위해 무려
4,285킬로미터에 달하는 길을 걷기로 결심하지.

상상이 가니 요엘아? 우리는 가끔 집 앞 공원에 나가 두 바
퀴만 돌아도 기운이 쭉 빠져 들어오곤 하잖아. 3킬로미터 정
도 되는 산책길도 겨우 걷는 엄마에게 책을 열자마자 나온
4,285킬로미터라는 수치는 얼마나 먼 길일지, 얼마나 많은
걸음일지, 얼마나 외롭고 고독한 여정일지 상상이 가지 않
더라. 그 여정이 결코 낭만적이지도 희망적이지도 않아서 더
그랬지.

발톱은 네 개나 빠져버리고, 산길을 걷는 데 목숨만큼이나
소중했을 등산화 한 쪽도 잃어버리고, 그렇게 삶의 아픔을
치유하려던 걸음이 새로운 다른 역경들을 불러오지. 어쩌면
삶의 모든 걸음이 그런 걸까.

어느 날은 엄마가 참 오래 산 것 같고 또 어느 날에는 이제

겨우 40년 남짓 살았구나 싶기도 해. 겨우 40년이라는 생각이 드는 날이면 앞으로 남은 삶에도 많은 고민과 어려움이 엄마를 기다리고 있겠구나 싶어 덜컥 겁이 나곤 했어. 그런데 이 책을 읽고 나서는 삶에서 만나게 될 어려움들을 조금 더 용기 내어 마주하고 싶다는 생각이 들었어. 누군가의 바람을 이루어주기 위함이 아닌, 엄마가 원하는 목표를 가지고 말이지.

이 책은 꽤 두껍지만 저자의 걸음을 따라가다 보면 어느새 책의 두께를 잊고 그가 느끼는 변화에만 주목하게 돼. 어떤 아픔을 잊고 싶어서 걷기 시작했는지, 걷는 길에서 어떤 어려움을 만나게 되었는지, 위기를 어떻게 극복해 나가는지, 험난한 여정이 작가의 삶을 어떻게 바꿔놓는지를 읽으면서 말이야.

우리 함께 『모모야 어디 가?』 북토크에 갔었지. 그때 엄마는 저자가 몸으로 하는 노동을 두려워하지 않는다는 것, 새로운 사람을 만나는 일에 거침이 없었다는 사실에 놀라면서 한편으로는 부러움을 느꼈어. 『모모야 어디 가?』의 저자와 마찬

가지로 『와일드』의 저자도 몸을 써서 음식을 구하고 처음 만나는 사람들로부터 정보와 도움을 받으며 걸어 나간 사람이야. 그렇게 자기만의 길을 걷는 사람은 의심과 두려움을 이겨낸 사람이라는 생각이 들더라. 엄마처럼 몸을 움직이기보다 집에 있는 걸 좋아하고, 누군가를 잘 믿지 못하고 의심이 많은 사람도 과연 그런 여행을 할 수 있을까?

"누구나 한 번은 길을 잃고 누구나 한 번은 길을 만든다."

『와일드』의 첫 문장이야. 이 문장을 처음 읽었을 때는 살면서 한 번만 길을 잃을 수 있는 인생이라면 다행인거라 생각했어. 엄마는 여러 번 길을 잃고 여러 번 길을 헤맸거든. 원하지 않았어도 상황에 밀려 어쩔 수 없이 길을 나서야 했지. 그렇게 나선 길은 순탄하지 않았기에 그만큼 오래 걸리고 힘겨웠어.

엄마의 마음으로는, 너는 엄마처럼 여러 번 길을 잃지 않았으면 좋겠지만 혹 그렇더라도 네가 가고 싶은 방향으로 발걸음을 내딛을 용기를 가졌으면 좋겠어. 길을 만들기 위해 큰 용기를 내야 하는 순간, 마음을 흔드는 말들로 너의 의지가 꺾여 원치 않는 길을 택하는 일이 없기를 바라. 네가 걷고 만들어간 길 위에는 어려움만큼 충만한 성취감과 행복도 따르기를. 그리고 무엇보다도 너의 선택의 순간에 내가 부모라는 이유로 너의 마음을 흔들어놓지 않기를.

〔여행 : 일이나 유람을 목적으로 다른 고장이나 외국에 가는 일.〕

국어사전에서 찾아본 여행이라는 단어는 이런 뜻을 가지고 있었어. 하지만 우리가 읽고 나눈 두 권 모두 여행의 사전적 의미와는 거리가 먼 경험을 들려주었지. 일이나 유람이 목적이 아닌, 오롯이 자기 자신을 마주한 두 여행자의 이야기였으니.

헬프엑스든 끝없이 험한 길을 걷는 여정이든 겁쟁이 엄마도 요엘이의 응원이 있다면 용기를 낼 수 있을 것 같아. 서로의 길을 나서는 그때까지 우리 손잡고 함께 걷자.

❖『와일드』(셰릴 스트레이드, 우진하 옮김, 나무의철학)

용기 있는 사람이
되고 싶어요

글을 쓰면 쓸수록 차고 넘치는 아이디어가 담긴 주머니가 있으면 좋겠어요. 어느 때는 머릿속에 아이디어가 불쑥불쑥 떠오르지만, 막상 필요할 때는 생각이 나지 않거든요. 특히 남들이 생각하지 못했던 기발한 주제나 표현을 생각해 내는 건 정말 어려운 것 같아요.

필요할 때마다 바로바로 기발한 생각이 떠오르면 얼마나 좋을까요? 하지만 그런 아이디어는 우리가 찾으려고 할 때는 나오지 않고 오히려 아무 생각이 없을 때나 엉뚱한 생각을 할 때 나오는 것 같아요.

『넬리 블라이의 세상을 바꾼 72일』의 작가인 넬리 블라이는 그런 엉뚱한 생각으로 대단한 일을 해낸 사람이에요. 이 책은 그의 세계 일주를 기록한 책이에요. 넬리가 세계 일주를 시작한 계기는 정말 엉뚱해요. 쥘 베른이 쓴 『80일간의 세계 일주』의 주인공 필리어스 포그만큼 혹은 더 빨리 세계를 일주하겠다는 목표로 뉴욕을 떠나거든요.

소설 속 주인공과 겨루기 위한 세계 일주라니, 넬리 블라이는 분명 독특하고 늘 아이디어 넘치는 사람일 거예요. 그런데 이 엄청난 계획은 사실 아주 작은 생각에서 출발해요. 기자인 넬리가 기삿거리가 떠오르지 않아 애를 먹다가 짜증이 나서 '지구 반대편으로 가 버렸으면!' 하고 생각하다 그 생각이 꼬리에 꼬리를 물고서 필리어스 포그처럼 세계 일주를 해 봐야겠다는 생각까지 하게 된 거예요.

넬리 블라이는 이 기획을 자신이 다니던 신문사에 제출하고 한참을 기다렸는데, 얼마 뒤 받은 말이 모레 아침에 떠날 수 있냐는 얘기였어요. 그것도 저녁에 들었죠. 짐을 꾸릴 시간도 빠듯한 상황에서 여행을 시작한 작가는 72일 동안의 세계 일주를 생생한 목소리로 들려줘요.

무엇보다 작가가 겪은 일 중에 제 기억에 남는 건, 작가가 쥘 베른 부부를 실제로 만나는 장면이에요. 정말로 좋아하는 혹은 재미있게 읽은 책의 저자를 실제로 만난다면 얼마나 행복할까요? 좋아하는 책의 저자를 만난다는 건 평생 기억할 만한 가치가 있는 일일 거예요. 그래서 넬리 블라이와 베른 부부가 만난 이야기를 읽으면서 너무 부러웠어요.

넬리는 여행하며 누군가로부터 "너무 늦었어요. 불가능해요."
라는 말을 들으면 "진심으로 원한다면 할 수 있어요. 문제는,
당신이 그걸 원하냐는 거죠."라고 말해요. 저는 이 부분을 여
러 번 반복해서 읽었어요. 평소 제 모습이 생각나서 그 말이
계속 머릿속에 맴돌았거든요. 작가가 갑자기 세계 일주를 떠
나면서도 어떻게 침착함을 유지할 수 있었는지 이해할 수 있
을 것 같았죠. 진심으로 원하는 일이니까 해낼 수 있었던 거
예요.

할 일은 많은데 시간이 없을 때, 막막한 기분이 들고 어디에
서부터 시작할지 모를 때가 있잖아요? 그럴 때 넬리 블라이
가 한 말을 떠올리면 자극이 되어서 산더미처럼 많은 일도
제 시간 안에 끝낼 수 있을 것 같은 기분이 들었어요. 뭔가,
이건 꼭 해야겠다는 의욕이 생긴다고 할까요? 제가 평소에
그렇게 적극적인 성격이 아닌데도 작가의 말을 계속 생각하
다 보면 모든 일을 열심히 하고 싶어지더라고요.

이 책을 통해서 넬리 블라이를 처음 알게 되었는데, 그에 대
해 자세히 알게 될수록 참 매력적인 사람이라는 생각이 들었

어요. 넬리 블라이는 여자 기자가 별로 없던 시절, 성차별적 발언이 담긴 신문 기사에 반박문을 보내서 기자로 뽑혔다고 해요. 그것도 스무 살이라는 젊은 나이에 말이에요. 이것만 봐도 넬리 블라이가 얼마나 대담하고 용기 있는 사람인지 알 수 있었어요.

저한테도 새로운 것에 도전할 수 있는 용기가 넬리의 반만큼 이라도 있으면 좋겠어요. 그러면 새로운 무언가에 적응하는 시간도 오래 걸리지 않을 테니까요. 두려움 없이 자신이 생각했던 걸 현실로 옮길 수 있는 넬리 블라이가 부러워요. 저는 뒤따라올 일들을 걱정하느라 막상 행동으로 실천하지 못할 때가 많거든요. 저도 새로운 것에 겁먹지 않고 용기 내서 도전하는 사람이 되고 싶어요.

❖『넬리 블라이의 세상을 바꾼 72일』(넬리 블라이, 김정민 옮김, 모던 아카이브)

도전하지 않는
삶도 괜찮아

얼마 전 〈그리스도는 에볼리에서 멈추었다〉라는 이탈리아 영화를 봤어. 아주 오래전 영화라 화려한 색감이나 세련된 편집이 없는데도 남부 이탈리아의 정경이 너무 멋지게 다가와서 문득, '아, 떠나고 싶다'는 생각이 들었어. 엄마가 혼자 여행을 즐기는 사람이 아닌 건 이야기한 적 있지? 그런데도 갑자기 그런 낯선 곳에 가서 딱 한 달만 모르는 사람들과 지내보고 싶다는 생각이 드는 거야.

물론 생각으로 끝났지. 비행기 표를 알아본 것도, 언제 갈 수 있나 달력을 들여다본 것도 아니야. 어른이 되고 나서 무언가를 계획한 대부분의 순간이 그랬듯 잠시 들뜨다 말았어. 엄마한테 삶에서 엉뚱한 결정을 하고 그게 삶을 크게 바꾼 경우는 지독한 십 대의 방황 끝에 혼자 유학을 떠났던 일이 아마 유일할 거야. 홈스테이나 기숙사가 아닌 형태의 유학이란, 곧 홀로 밥을 해 먹고 청소와 빨래를 해야 하는 살림의 길로 들어서는 것임을, 또 지독한 외로움과 벗해야 하는 것임을 알았다 해도 그렇게 호탕하게 간다고 외쳤을까 싶어.

한순간의 무모함으로 고단한 십 대를 겪었기 때문인지 모험을 두려워하는 어른이 되어버린 엄마가 오늘 요엘이 글을 읽고 떠올린 책은 아주 오래전에 읽은, 『세상에서 가장 아름다운 여행』이야.

잠깐, 제목에 속으면 안 돼. 이건 여행 이야기가 아니거든. 작가인 제이미 제파는 평범하고 젊은 캐나다 여성이야. 대학을 갓 졸업한 스물네 살에 대학원 진학이 결정되어 있었고, 결혼할 약혼자도 있었어.

누군가에겐 부러운 삶이었지만 그는 자신의 삶이 너무나 평범하고 또 평범해서 무료하다고 느껴. 그러던 중 신문에서 '해외에서 가르칠 교사 구함'이라는 문구를 접하게 돼. 광고에서 말하는 '해외'는 히말라야의 부탄이었고, 그는 대학원 진학과 결혼을 미루고 그곳에 가서 새로운 세상을 경험하기로 결심하지.

2년간 지내기로 계약하고 부탄으로 떠나는 제이미를 보며 솔직히 용감하다기보다는 무모하다고 생각했어. 아무리 현재의 삶이 지루하고 재미없다 해도 신문 광고 하나에 마음이 끌려 아는 사람 하나 없고 문화도 너무 다른 곳으로 떠나다니. 발전된 문명의 혜택과 문화 속에서 살았던 저자가 불, 물, 전기 등 모든 것이 귀하디 귀한 나라에서 적응할 수 있을까? 2년은 고사하고 몇 달도 견디기 힘들 거라고 생각했어.

하지만 그는 부탄에서 '죽기보다 살기 힘든' 적응 기간을 몇 달 거친 뒤, 자신을 이해하지 못하는 약혼자에게 이별을 고하고 본격적으로 부탄에서의 삶을 시작해. 제이미는 곧 부탄의 하늘을, 부탄의 나무를, 부탄의 구름을, 부탄의 바람을 그리고 부탄의 사람을 사랑하게 돼. 인생을 바꾼 여정이 시작된 거야.

그는 부탄에서 자신의 생각과 가치관이 변화하는 과정을 일기를 쓰듯 자세히 담아냈어. 부탄 사람과 결혼하고 아이를 낳으며 정착했다고 해서 모든 걸 아름답다거나 좋다고만 적은 것도 아니야. 그는 그곳을 바꾸려 하지 않았어. 자신도 모르는 새 서서히 그곳에 물들어갔지. 제이미는 때로 혼란스럽고 우울하고 갈등 속에 있는 심리 상태를 숨기지 않고 있는 그대로 드러냈어. 이 책이 더 인간적으로 다가오는 이유일 거야.

책의 원제는 『beyond the sky and the earth』인데, 풀이하면 '하늘과 땅 너머에' 정도 되는 말이야. 엄마에게도 하늘과 땅 너머의 부탁까지는 아니더라도 언젠가는 삶의 터전을 바꾸고 싶다는 소망이 있었어.

어느 날은 무작정 시골 가서 살고 싶다, 또 어느 날은 제주도에 가서 살면 행복하지 않을까, 이런 막연한 꿈을 꾸기도 했었지. 한참을 지나고 나서 그런 마음은 현재의 나에게 만족하지 못하고 있어서임을, 어떤 관계들에 지쳐서임을 알았어. 무엇보다 문제를 마주하기보다 피하고 싶어서 나오는 생각임을 알게 되었어. 서른 살 이후로 원하는 삶의 모습이 조금씩 바뀌어 왔는데, 10여 년이 지난 지금에야 어떤 삶을 원하는지에 대한 질문이 사는 지역이나 장소를 말하는 게 아니라는 걸 깨달은 거야.

불안한 마음이 현재의 행복을 망치고 있는 건 아닐까, 보편적 기준이란 것이 알게 모르게 나를 옭아매고 있지는 않나, 미래에 대한 계획을 세우느라 지금 내 마음이 하는 소리에 귀 기울이지 못하는 건 아닐까, 이런 질문들을 자꾸만 던

져보게 돼.

제이미 역시 자신이 진짜로 무엇을 원하는지, 어떤 모습으로 살고 싶은지에 대해 깊은 고민과 질문을 하지 않았다면 캐나다에서든 부탄에서든 행복할 수 없었을 거야. 세상에서 가장 평온한 곳에 있다 한들 내 안에 평안이 없다면 행복을 찾을 수 없는 거니까.

사실 엄마는 요엘이가 무모하더라도 도전해 보는 사람으로 자랐으면 하는 마음이 있었어. 그런데 가만히 바라보니 요엘이도 변화를 두려워하는 엄마의 모습과 많이 닮아 있더라. 요엘이도 자신의 그런 모습을 걱정하는 것 같던데, 그런 요엘이를 보면서 엄마는 오히려 생각이 좀 바뀌었어.

모두가 엉뚱하고 용기 있을 필요는 없지 않을까. 누군가는 모험을 통해 자신을 발견한다면, 또 다른 누군가는 자신의 자리에서 가만히 스스로를 마주할 수도 있는 거니까 말이야. 그러니 우리는 우리의 모습을 억지로 바꾸려하지 말고, 우리의 마음이 어디로 어떻게 흘러가는지를 잠잠히 바라보자.

그렇게 고요히 나 자신을 찾아나가다 보면 넬리 블라이나 제이미 제파처럼 즉흥적으로 삶을 바꿀 만한 결정을 하지는 않더라도 조금씩 원하는 방향으로 발끝을 움직이게 되지 않을까. 그런데 어쩌지? 이 글을 적다 보니 벌써 조금 용기 있는 사람이 된 것 같은 걸?

❖ 『세상에서 가장 아름다운 여행』(제이미 제파, 도솔 옮김, 꿈꾸는돌)

책을 읽을 수 없다면
글을 쓸 거예요

예전에 제가 엄마에게 음악과 책 중 딱 하나만 골라야 한다면 무얼 선택하실 거냐고 물어본 적이 있었잖아요. 그 말을 하면서 하나를 고르면 다른 하나는 얻지 못한다는 말도 덧붙였죠. 그런데 엄마는 제가 전혀 예상하지 못했던 대답을 하셨어요.

엄마는 지금까지 책을 통해서 배운 것과 얻은 것, 깨달은 것이 충분히 많기 때문에 만약 하나만 선택해야 한다면 음악을 선택할 것 같다고 하셨죠. 남은 삶은 음악을 들으며 보내시겠다고요. 솔직히 그 대답을 듣는 순간 멈칫했어요. 질문하기 전부터 엄마라면 당연히 책을 선택할 거라고 확신했거든요.

엄마의 대답에 너무 놀라서 막상 그 질문에 저는 어떤 말을 해야 할지 몰랐어요. 그런데 최근 이 책을 읽으면서 그때 엄마에게 못 했던 이야기를 떠올리게 되었어요. 바로 『책벌레들의 책 없는 방학』이라는 책 때문에요.

주인공인 루스와 나오미, 레이첼과 피비는 모두 책을 어마어마하게 좋아하는 자매예요. 주인공들은 6주간의 여름 방학을 시골 할머니 댁에서 지내게 되는데 할머니도 네 자매와 마찬가지로 책을 무척 좋아해요. 하지만 할머니는 책만 읽는 손녀들의 버릇을 고치기 위해 책을 차고 위 작은 방에 숨겨놔요. 네 자매는 방학 내내 온 집을 뒤져 책을 찾았지만 발견한 책이라고는 요리책과 어려운 셰익스피어 고전 몇 권이 전부였어요.

처음에는 낙담하지만 시간이 지날수록 읽을거리가 없는 생활에 적응했고, 할머니가 원하던 대로 밖에서 뛰어놀며 생산적인 활동을 하기 시작해요. 아! 죽은 동물의 뼈 수집과 양동이에 물을 담아서 하는 양동이 낚시가 '생산적인 활동'에 포함된다면 말이에요.

자매들은 책 없이 잘 지내는 듯싶다가도, 누군가가 책에 대한 이야기를 하거나 실마리를 남기면 끝까지 캐물어요. 저도 책을 무척 좋아하지만, 네 자매만큼 열정적으로 좋아하지는 않는 것 같아요. 좀 심심하겠지만 저는 책 없이 몇 주 동안 살게 되더라도 참을 수 있을 것 같거든요.

만약 주인공 자매들처럼 6주 동안 책 없이 살게 된다면 저는 글을 쓰겠어요. 6주간의 일기나 에세이, 소설 같은 것들 말이에요. 글을 쓰는 것도 책을 읽는 것만큼이나 즐길 수 있고 오랜 시간 집중할 수 있는 일이니까요.

무엇보다 글을 쓰면 언제든지 자신이 쓴 글을 읽을 수 있잖아요. 자기가 하고 싶은 이야기를 쓸 수 있고, 결말도 원하는 대로 쓸 수 있죠. 책을 읽을 때면 결말이 맘에 안 드는 경우도 있었는데 직접 글을 쓰면 그런 일은 생기지 않으니 작가들이 계속해서 글을 쓰는 것 아닐까요? 자신이 원하는 결말을 쓰기 위해 말이에요. 예전에 제가 소설을 써보기로 마음먹었던 것도 같은 이유에서였어요. 제가 상상했던 모든 것들이 글 속에 완벽하게 나타나길 바랐어요.

물론 지금 그때 썼던 소설들을 읽어보면 유치하고 앞뒤가 안 맞지만, 그 이야기를 썼을 때의 추억이 떠오르고 예전의 제 생각을 알 수 있어서 좋아요. 글이 때로는 추억이 된다는 게 참 신기해요. 글을 통해서 느낄 수 있는 감정들이 다양하다는 것도 그렇고요.

이 글을 쓰는 동안 처음에 얘기했던 질문에 대해서 계속 생각해 보았어요. 그리고 제 답이 몇 년 동안 바뀌지 않았다는 걸 알았죠. 음악과 책 중에 제 선택은 책이에요. 아직 책에서 얻을 것, 배울 것, 깨달을 것들이 많으니까요. 책 속에는 모든 것이 있어요.

저는 심지어 책 속에 음악까지 있다고 생각해요. 책에서 음악에 대한 묘사를 읽으면 그 음을 상상하게 되고 때로는 진짜 그 멜로디가 들리는 것 같거든요. 음악까지 표현할 수 있는 글은 정말 아름다운 것 같아요.

❖『책벌레들의 책 없는 방학』(힐러리 매케이, 지혜연 옮김, 시공주니어)

책을 읽지 못할 때
우리가 할 수 있는 일

한때 너무나 가깝게 지냈던 사람이 긴 여행을 떠났어. 사는 곳이 달라지면서 오랫동안 연락을 주고받지는 못했지만, 함께 보낸 시절이 자꾸 생각나서 마음이 참 허전하더라. 가는 길을 배웅하고 집에 오니 누워도 잠이 쉽게 오지 않고 배도 고프지 않았어. 상실의 감정은 졸음도 배고픔도 잊게 한다는 걸 다시 한번 몸으로 느꼈지.

그뿐 아니라 읽던 책을 마저 읽으려는데 글자가 눈에 들어오지 않는 거야. 눈은 종이 위에 머물고 있는데 한 문장도 앞으로 나아갈 수가 없었어. 그래서 음악을 들었어. 좋아하는 영화의 사운드트랙을 틀었는데, 느리고 익숙한 트럼펫 선율이 퍼지는 순간 그게 잔잔한 위로가 되더라.

그런데 엄마처럼 감정의 문제로 글을 못 읽거나, 요엘이가 소개한 책 속의 자매들처럼 읽을 책이 없어서 책을 못 읽는 게 아니라, 어느 날 갑자기 글자를 못 읽게 되어 책을 읽지 못하게 된다면 어떨 것 같아? 그냥 해 보는 질문이 아니라 진짜로 그런 일을 겪은 사람이 있거든.『책, 못 읽는 남자』를 쓴 작가 하워드 엥겔의 이야기야.

엄마는 이 책 이전에는 그가 지은 책들을 한 번도 접해보지 못했지만, 그는 캐나다에서 매우 유명한 추리소설 작가라고 해. 우리나라에는 이 책을 포함해 단 두 권만 출간되었는데 그마저도 이제는 절판이라 쉽게 읽을 수 있는 책은 아니야.

작가는 어느 날 자신을 둘러싼 온 세상이 무너지는 경험을 해. 평범한 어느 날 아침, 신문을 가지러 나왔다가 자신이 신문을 읽지 못한다는 사실을 깨닫게 되거든. 어젯밤까지도 읽고 쓰던 사람이 말이야. 직업이 소설가이니 글을 읽어야 자신이 쓴 글도 읽을 수 있을 텐데 눈앞에서 활자들이 알아볼 수 없는 문자들로 변신하여 허우적대는 그 아침이 얼마나 충격이었겠어?

그에게 수많은 영감을 주던 철자들의 조합이 아무 뜻을 가지지 못하게 된 거지. 그 옛날, 듣지 못하게 된 베토벤의 마음이 그와 비슷하지 않았을까. 다행히 작가에겐 도움을 주는 이들이 있어서, 어떻게 하면 다시 글을 쓸 수 있을지 고민하고 연구한 끝에 놀랍게도 이 상황을 극복해 내.

이렇게 글로 쓰면 간단해 보이지만 그 과정이 얼마나 길고 힘들었을지 말할 필요도 없겠지? 특히 요즘 엄마가 병원에 다니다 보니 더욱 그렇게 느껴졌어. 고작 몇 가지 검사를 받는 것만으로도 지난 며칠 동안 얼마나 무기력해지고 짜증이 났는지를 생각하니 작가가 더욱 대단해 보이더라.

요엘이는 아무리 짧은 외출이어도 꼭 읽을 책을 챙기고, 밥을 먹을 때에도 혹시 책을 읽으며 먹어도 되는지를 항상 묻는 사람이니까, 책 없는 너의 모습은 상상이 잘 안 돼. 책이 없는 요엘이는 뭘 할까? 엄마가 아는 너는 하루 대부분의 시간에 읽은 책을 읽고 또 읽기를 반복하는 것 같은데 말이야.

그런데 책이 없으면 글을 쓰겠다는 말에 감탄했어. 그러면 되겠구나. 무언가 읽고 싶어지면 자기가 글을 쓰면 된다는 생각은 미처 하지 못했어.

책을 읽는 일이 타인의 이야기 속으로 들어가 보고 공감하는 것이라면, 글을 쓰는 건 나 자신을 더 잘 알고 이해할 수 있는 계기인 것 같아. 엄마도 몹시 화가 나거나 아주 기쁠 때,

말을 하는 것보다 글로 적으면 감정을 더욱 솔직하게 표현할 수 있더라. 말과는 달리 수정이 가능하다는 것도 큰 장점이고 말이야. 요엘이가 마음대로 결말을 쓴 소설도 언젠가 읽을 수 있을까?

요엘이는 엄마가 음악을 골라서 놀랐다고 했지? 사실 엄마는 그 질문을 받았던 걸 잊고 있었어. 그런데 다시 답한다고 해도 그때와 같은 이유로 음악을 택할 것 같아. 음악이 없는 삶은 너무 고독할 것 같아서, 엄마는 음악을 들으며 지금껏 읽은 책 속의 이야기들을 머릿속으로 떠올리는 쪽을 택할래.

음악을 택한 엄마는 오늘도 음악을 듣다 잠들 거야. 오늘 나를 위로할 음악은 강아솔의 〈사랑의 시절〉이라는 앨범이야. 요엘이가 자고 일어나면 함께 듣고 싶다.

❖『책, 못 읽는 남자』(하워드 엥겔, 배현 옮김, 알마)

따돌림당하는 친구를
지킬 수 있는 용기

오늘 클라이밍 수업에 갔을 때 연습 온 동생으로부터 같은 반 여자아이들이 한 남자아이를 때린다는 이야기를 들었어요. 그런데 맞은 아이가 왜 때리느냐 물어보니까 "못생겨서!"라는 어이없는 대답을 했대요. 외모를 이유로 폭력을 쓰다니 정말 말도 안 되는 일이잖아요. 그런데 『아름다운 아이』의 주인공 어거스트도 선천적 안면 기형이라는 이유로 학교에서 따돌림을 당해요.

어거스트는 저처럼 초등 홈스쿨링을 하다가 중학교에 입학해요. 저도 요즘 중학교에 가게 되면 어떨지 생각을 많이 하다 보니 입학을 앞둔 어거스트의 긴장된 마음이 더욱 이해되었어요. 안타깝게도 어거스트는 학교에서 여러 가지 힘든 일을 많이 겪어요. 이를테면 아이들이 어거스트의 사물함에 '오크족'이라고 놀리는 쪽지를 붙이거나 어거스트를 만지면 전염병에 걸린다는 놀이를 하죠.

정말 궁금해요. 따돌림, 왕따는 도대체 왜 하는 건가요? 누군가를 따돌리면서 얻는 것이 뭐죠? 누군가를 소외시키고 무시하면서 재미를 느끼는 걸까요? 아니면 자신은 원하지 않지만 주변 분위기에 압박감을 느껴 같이 따돌리는 걸까요?

다른 건 이해할 수 없지만, 사실 마지막 질문에 대한 답은 저도 어느 정도 알고 있어요. 제가 읽어본 책 중에 누군가를 따돌리는 내용의 책이 몇 권 있었는데 "다른 애들이 시켜서 같이 따돌렸어"라고 말하는 아이가 꼭 한 명씩은 나오더라고요. 힘 있는 아이들이 만들어낸 두려운 분위기와 자신도 따돌림당할 수 있다는 공포감이 다른 누군가를 따돌리게 하는 거죠.

절대 있어선 안 되는 일이지만, 솔직히 말하면 이해할 수는 있을 것 같아요. 따돌림이 나쁘다는 것을 알고 있지만 저 또한 따돌림을 당하는 건 무섭거든요. 하지만 제가 따돌림을 당하게 될지라도 친구를 실망시키는 일은 결코 하고 싶지 않아요. 친구가 따돌림을 당하고 있는데 제가 모르는 척 한다면 그리고 그걸 나중에 깨닫는다면, 엄청난 죄책감과 상실감에 빠질 테니까요.

어려운 상황일수록 친구 관계를 지키는 것이 중요한 일이라

고 생각해요. 책 속에서 어거스트가 학교에서의 괴롭힘을 이
겨낼 수 있었던 건 진정한 친구 몇 명이 있었기 때문이에요.
하지만 막상 제가 그런 상황을 겪게 되면 어떤 행동을 할지
잘 모르겠어요. 그래서 걱정이 돼요. 어느 순간 용기 없는 행
동을 하게 될까 봐, 자신을 저버리게 될까 봐, 누군가의 마음
에 상처를 주게 될까봐 두려워요.

어렸을 때부터 전 용기가 없었던 것 같아요. 꿈에서 괴물이
나오면 도망치느라 바빴고, 해리포터를 그렇게 좋아해도 주
인공의 무모한 선택을 읽을 때면 '난 절대 저렇게 못 할 거야'
라고 생각했고, 클라이밍을 할 때도 너무 높게 올라왔다 싶
으면 그렇게 힘들지 않은 순간에도 뛰어내려 버리곤 했으니
까요. 그런 기억들을 떠올리면 점점 걱정이 커져요.

『아름다운 아이』를 읽으면서 편견에 대해서도 많은 생각을
하게 되었어요. 아이들이 안면 기형을 가진 어거스트를 자신
과 다르게 보지 않았다면, 외모에 대해 편견을 가지지 않았
다면 어거스트를 따돌리지 않았을 테니까요. 단지 자신과 다
르게 생겼다는 이유로 타인에게 괴로움을 주는 것은 있어서

는 안 되는 일이에요. 애초에 겉모습으로 사람을 판단하는 것
자체가 잘못된 거죠.

"사람은 겉모습이 아니라 마음이 중요한 거야."

이 책을 읽는 동안 언젠가 엄마가 해 주신 말을 자주 떠올렸
어요. 앞으로 이 말을 잊지 않고 살아갈 거예요. 순간의 두려
움으로 자신을 실망시키는 행동을 하지 않도록, 누군가의 마
음이 절망으로 가득 차지 않도록, 스스로를 이해할 수 없는
사람이 되지 않도록 노력할 거예요.

❖『아름다운 아이』(R. J. 팔라시오, 천미나 옮김, 책과콩나무)

편견 없는 세상은
어떻게 가능할까?

오늘은 날이 너무 좋아서 산책을 참 오래 할 수 있었어. 우리 산책의 목적이었던 길고양이 친구를 만나 간식도 주고 말이야. 바람과 햇살이 적당하고 먼지는 하나도 없는 근래 들어 가장 좋은 날이었어.

고양이 이야기가 나와서 말인데, 우리가 유기묘 입양을 위해 작년부터 신중하게 알아보고 있잖아. 다 큰 고양이를 무서워하는 아빠의 반대로 인연이 되지는 못했지만, 우리 마음에 늘 남아 있는 고양이를 기억하지? 어릴 때 아파서 한쪽 눈을 잃게 된 고양이 뚜루 말이야. 눈이 하나뿐이어서 입양이 힘들다는 설명에 너는 이해할 수 없다는 반응을 보였지. 엄마는 그저 "눈이 두 개여야만 '정상'이라고 생각하는 사람들도 있어서 그래."라고 말해 줄 수밖에 없었어. 요엘이가 편견에 대한 이야기를 하니 뚜루 생각이 많이 난다.

엄마가 읽은 『엘리펀트맨』의 주인공 존 메릭은 신경섬유종이라는 병을 앓고 있어서 어거스트처럼 어려서부터 남들과 다른 외모를 가지고 있어. 하지만 어거스트와 달리 존 메릭에게는 가족과 친구가 전혀 없었어. 보호해 주고 도와주는 사람이 아무도 없었던 그는 자신의 외모를 돈벌이 수단으로 이용하려는 서커스 상인과 그를 사람으로 대하지 않는 구경 꾼들로부터 큰 학대를 당하게 돼. 고통 속에서 그를 구경거리가 아닌 친구로 대해 주는 의사인 트리브스를 우연히 만나 서서히 마음을 열어가지만, 그 후의 삶도 마냥 행복하기만 한 건 아니야.

이 책이 『아름다운 아이』와 다른 또 한 가지는 1862년부터 1890년까지 생존했던 영국의 조셉 메릭이라는 사람의 실제 이야기를 바탕으로 했다는 거야. 상상 속 이야기였다면 차라리 덜 슬펐을까?

지금 이 책을 읽는 독자들은 과거에는 적절한 치료법이 없었고, 사람들의 인식도 거칠었기 때문에 주인공 메릭의 영혼과 육신이 더욱 깊은 고통 속에 머물렀다고 생각할 거야. 그렇다면 교육과 생활수준이 많이 향상된 지금은 편견을 가진 사람들이 적어야 할 텐데, 슬프게도 100여 년 전 이야기 속 세상과 현재 우리가 사는 세상이 그렇게 다르지 않은 것 같아.

몇 해 전 특수 교육을 위한 학교를 짓는 일에 그 지역 동네 주민들이 강하게 반대하는 일이 있었어. 반대하는 주민들이 토론회를 열었는데 어떤 사람들이 그 앞에 울며 무릎을 꿇었지. 바로 장애를 가진 아이들의 엄마들이었어.

아이들이 교육받을 수 있는 공간을 만들도록 허락해 달라고, 학교에 보낼 수 있게 도와 달라고 무릎을 꿇으신 거야. 부끄러움도 없이 혐오를 드러내는 주민들의 모습과 그 앞에 무릎 꿇은 분들의 모습을 뉴스로 보면서 엄마는 슬픔과 분노에 휩싸여 어쩔 줄 몰랐단다.

특수 학교가 동네에 들어서면 집값이 떨어지고 주민들의 안전이 우려된다며 소리치던 사람들과, 선천성 기형으로 얼굴이 일그러진 존 메릭을 서커스에서 돈을 받고 구경거리로 전락시킨 무리들이 뭐가 다를까? 아픈 가족을 가진 사람이 약자가 되어 그들을 조롱하는 사람들에게 도와 달라 부탁하는 모습을 보며 참담함을 느껴야 했어.

편견을 갖지 않고 사는 게 가능한 세상이 과연 오긴 할까? 무서운 속도로 변해가는 세상 속에 점점 빠르고 좋은 것, 예쁜 것에만 익숙해져 가는 세상과 우리가 걱정스러워. 사람이 사람을 외모로 쉽게 판단하고 조건으로 구분 짓는 일이 점점 자연스럽게 느껴지는 것은 아닐까 두렵기만 해.

요엘이가 따돌림과 편견에 맞서는 사람이 되지 못하거나, 그런 상황에 처한 친구를 돕지 못할까 봐 걱정하는 마음이 너무나 이해가 돼. 엄마도 어린 시절에 따돌림이 너무 무서웠거든. 그런데 엄마는 따돌림의 대상이 될까 봐 두려웠지, 따돌림 당하는 친구를 외면하는 사람이 될까 봐 두려워하지는 않았던 것 같아.

건강하고 아름다운 고민을 하는 너는 분명 두려움에 맞서 싸울 수 있을 거야. 생각하고 묻는 일을 멈추면 나쁜 일에도 쉽게 익숙해지고 편안한 타협을 찾게 될 텐데, 너는 쉬지 않고 스스로에게 질문하는 아이니까, 네가 지닌 그 많은 질문들이 앞으로 만날 두려움과 고민에 하나씩 답을 줄 수 있을 거라 생각해.

다행스럽게도 최근에 아까 말한 특수 학교가 오랜 진통 끝에 설립되었다는 소식을 들었어. 무릎을 꿇었던 엄마들의 아이들 중에는 이미 학교에 다닐 나이를 넘긴 경우가 많다고 하더라. 그래도 그 엄마들은 다른 아이들이 학교에 나오는 모습을 보면서 진심으로 기뻐했지.

편견 때문에 고통받거나 정당하지 못한 이유로 따돌림받는 상황에서 움츠러들지 않고 잘못되었다 말할 수 있도록, 엄마도 끊임없이 질문하고 노력하는 사람으로 살아가야겠어.

❖『엘리펀트맨』(크리스틴 스팍스, 성귀수 옮김, 작가정신)

좋은 사람이 될 수 있는
인생의 전환점

인생의 '전환점'은 무엇을 의미한다고 생각하세요? 전환점이란 말은 인생을 좋게 만드는 계기일 수도 있지만, 나쁘게 만드는 계기가 될 수도 있다고 생각해요. 14년을 채 살지 않은 제게는 인생의 전환점이 많지 않지만 그중 가장 크게 제 인생을 바꾼 전환점은 역시 홈스쿨링을 시작했을 때예요. 그때 이후로 생활이 전부 바뀌었으니까요.

그런데 홈스쿨링을 한 건 제 선택이었지만, 자신이 선택한 것도 아닌 갑자기 일어난 일 때문에 인생이 뒤바뀐다면, 어떤 기분이 들까요? 『1분 1시간 1일 나와 승리 사이』의 주인공 제시카는 달리기 선수인데, 어느 날 예기치 않은 버스 사고로 다리 하나를 잃게 돼요. 누구에게나 다리를 잃는다는 건 큰 충격이겠지만, 달리기 선수가 사고로 달리기를 할 수 없게 된다는 건 얼마나 큰 고통일까요?

제시카는 절망에 빠지지만 부모님과 친구들, 팀 코치의 격려와 응원 덕분에 다시 희망을 갖기 시작해요. 제시카의 친구들과 팀원들은 제시카가 다시 달릴 수 있도록 육상 선수용 의족을 사기 위해서 세차, 과자 판매 등 여러 가지 모금을 해요. 이렇게 많은 이들의 노력 끝에 제시카는 다시 뛸 수 있게 되죠.

제시카는 다리를 잃고 난 뒤 많이 바뀌어요. 다리를 다치기 전에는 무시해 왔던 뇌성 마비를 앓는 로사와 친해지기도 하고, 전에는 하지 않았던 생각들도 많이 하죠. 저는 제시카가 다리를 잃은 뒤 오히려 전보다 더 나은 사람이 된 것 같다는 생각이 들었어요.

제시카는 휠체어를 타고 다니는 로사에게 달리는 기분을, 얼굴에 바람을 맞는 기분을 느끼게 해주기 위해 로사의 휠체어를 직접 밀고 달리겠다는 계획을 세우고 열심히 훈련해요. 그런데 사실 저는 제시카의 모습을 보면서 안타까운 마음이 들었어요. 제시카는 사고를 당하기 전에 충분히 로사와 친구가 될 수 있었는데 어째서 다리를 잃고 나서야 친구가 된 걸까요?

로사는 자신을 무시하던 제시카가 친하게 지내고 싶어 하는 걸 알고서 바로 친구가 되기로 해요. 로사는 언제든지 제시카와 친구가 될 준비가 되어 있었던 거예요. 그런 로사의 마음을 헤아려보니 더욱더 제시카가 사고를 당하기 전에 로사와 친구가 되었더라면 좋았을 거라는 생각이 들었어요.

때로는 나쁜 일이나 사건을 통해 전에는 하지 못했던 생각을 하고 전보다 더 나은 사람이 되는 게 신기해요. 물론 정신적, 육체적 고통을 겪을 수도 있지만, 그 사건으로 인해 한층 성장한다면 그런 일이 일어난 걸 단지 '나쁘다'라고만 할 수는 없을 것 같아요.

제시카는 다리를 잃었지만, 새로운 시선을 가지게 되었고 마치 전혀 다른 사람이 된 듯했어요. 그렇게 변하는 모습이 놀라웠어요. 제시카가 절망에 빠졌다가 다시 희망을 되찾고, 무시했던 아이와 친구가 되고, 평소에는 당연하다 생각했던 것들의 소중함을 알게 되는 모습을 보며 한 사람이 이렇게까지 바뀔 수도 있다는 걸 알았어요.

사실 이 책을 처음 읽었을 때는 제시카를 이해할 수 없었어요. 같은 사고로 목숨을 잃은 친구가 있었는데, 제시카는 살아서 괴로울 바에는 차라리 죽은 친구가 더 낫다는 생각을 하거든요. 아무리 괴로워도 사는 것보다 죽는 게 낫다고 생각하다니, 저로서는 이해하기 힘들었어요. 하지만 제시카는 그런 생각조차 자신이 성장하는 계기로 삼아요.

제시카가 점점 더 타인을 배려하는 사람이 되어가는 모습을 보면서 저도 한층 더 좋은 사람이 되고 싶다는 생각을 했어요. 세상에 완벽한 사람은 없지만 더 나은 사람이 되는 방법은 여러 가지니까요.

그 방법들을 찾기 위해, 다른 사람들의 마음을 공감하고 더 이해하기 위해 노력하다 보면 저도 더 좋은 사람이 될 수 있겠죠?

❖ 『1분 1시간 1일 나와 승리 사이』(웬들린 밴 드라닌, 이계순 옮김, 씨드북)

소중한 것을
미리 알아보는 마음

가끔 예배 시간에, 태어나서 처음 교회에 온 아기들을 축복하는 시간을 갖는단다. 앞으로 아이의 몸과 마음이 건강하기를 기도하는 시간이야. 보통은 태어난 지 서너 달 정도 되면 처음으로 교회에 나오는데 오늘 나온 아기는 1년 만에 왔다고 했어. 그동안 많이 아파서 1년 동안 병원에 있었다고 하더라. 엄마가 오늘 앞에 앉아서 아기를 자세히 볼 수 있었는데 보통의 돌쟁이보다 많이 작고 마른 모습이었어. 지난 1년이 얼마나 힘들었을지 헤아릴 수 있었지. 부디 아기가 앞으로는 병원에 갈 일 없이 건강한 삶을 살게 해달라고 기도했단다.

그런데 갑자기 눈물이 후드득 떨어졌어. 옆을 보니 아빠도 울고 있었어. 우리 둘 다 어떤 아기가 생각나서 울었던 거야. 예정일보다 두 달 먼저 태어난 아기. 태어나자마자 인큐베이터에 들어간 아기. 이른둥이들의 특징으로 눈동자가 모여 있던 아기. 머리에 피가 고여 있던 아기. 바로 너였어.

엄마 인생의 전환점은 바로 그때, 어떻게 만져야 할지 엄두조차 나지 않을 정도로 작았던 너의 엄마가 된 그때였던 것 같아. 마치 다시 태어난 것 같았지. 그런데 아픈 아이들은 두 번 태어나는 거라고 말하는 책을 읽은 적이 있어.

이탈리아의 중요한 문학상인 깜피엘로 문학상을 받은 『두 번 태어나다』라는 책은 작가인 주세페 폰티지아의 자전적 소설이기도 해. 요엘이가 책에서 제시카가 사고로 장애를 가지게 되고 그것을 극복하는 이야기를 엄마에게 들려주었다면, 엄마는 장애를 바라보는 우리의 시선을 이야기하고 싶어.

이탈리아의 어느 병원에서 한 산모가 의사의 권유대로 긴 진통을 견디며 자연분만을 시도하지만 시간이 너무 지체되면서 산소가 부족해지고, 결국 아기는 겸자에 의해 세상으로 끌려 나오게 돼. 그로 인해 심각한 뇌손상을 겪는 바람에 언어 장애와 보행 장애를 가지게 되지.

이 아이의 이름은 파올로야. 우리는 흔히, 장애를 가지고 태어난 아이를 부모가 헌신적으로 보호하고 정성과 사랑으로 양육했다는 이야기를 접하곤 하지만, 파올로의 부모는 그렇지 않았어.

평소 장애에 대한 편견을 가지고 있던 부모는 파올로의 장애를 인정하지 않고 혹독하게 훈련시켜 어떻게든 장애를 극복하게 만들려고 하지. 태어날 때부터 걱정과 우려의 시선을 받으며 자란 아이에게 장애를 인정하지 않는 부모님의 모습은 또 다른 상처가 되었을 거야. 어쩌면 그렇게 답답하고 안타까운 부분이 이 책을 더욱 사실적으로 느껴지게 하는지도 모르겠어. 모두가 성숙한 인격체로, 어떤 상황에서도 낙담하지 않을 준비된 마음을 가지고 부모가 되는 것은 아니니까.

등장인물 중 파올로의 장애를 받아들이지 못하는 외할아버지의 모습도 참 인상적이었어. 특히 "너는 겉모습이 다를 뿐이다. 언젠가는 완전히 나을 것이다."라고 말하는 모습이 얼마나 폭력적으로 다가왔는지 몰라. 엄마 역시 있는 그대로를 받아들이지 못한 채 희망을 담은 말이랍시고 섣부른 응원을 건넨 적은 없는지 곰곰이 생각해 보게 되더라.

앞에서 장애를 가진 아이들은 두 번 태어난다고 했잖아? 세상에 나오는 것이 첫 번째라면, 부모의 태도에 의해 두 번째로 태어난다는 거야. 두 번째 태어남은 어떤 모습일지 스스로 결정할 수 있다는 점에서 첫 번째 태어남과 다른 것이지.
사실은 엄마도 인큐베이터에 들어간 너를 보며 가장 많이 한
걱정이 '혹시 장애를 가지게 되지 않을까'였음을 고백해. 너
의 눈동자가 돌아오지 않을까 봐, 너의 뇌에 고였다는 피가
스며들지 않을까 봐. 너무나 불안했음을 고백해. 엄마가 참
미성숙한 사람이었어.

장애를 온전히 받아들이지 못하는 부모와 달리 파올로는 오
히려 자신의 장애를 담담히 받아들이고 편견과 부당함에도
동요하지 않는단다. 그리고 자연스레 부모님과 그를 둘러싼
주변 인물들을 조금씩 변화시켜가. 그 의젓한 모습은 모두를
부끄럽게 만드는 것만 같았어. 책을 읽는 엄마를 포함해서
말이야.

파올로를 대하는 모습이 점차 바뀌어가고 편견이 사라져가
는 가족들의 모습을 지켜볼 수 있어서 좋았어. 이런 글을 읽
으면 장애를 가지고 사는 일, 혹은 그 가족으로 사는 일에 대
해 생각해 보게 돼. 오늘의 나는 비장애인이지만 내일의 나
는 장애인이 될 수 있음을, 그러니 그 사이에는 어떤 편견도

들어갈 수 없음을 잊지 말아야겠지.

얼마 전까지만 해도 장애를 가지지 않은 사람을 '정상인'이라고 표현했지만 지금은 '비장애인'이라고 말하는 것처럼, 우리를 둘러싼 잘못된 모든 일들이 조금씩 계속해서 고쳐졌으면 좋겠어.

제시카가 자신에게 소중했던 것을 잃은 뒤에야 로사를 따뜻한 마음으로 대하고 친구가 된 건 결과적으로는 좋은 일이지만, 요엘이 말처럼 소중한 것을 잃기 전에 친구가 되었다면 더 좋았을 거야.

우리는 때로 무언가를 잃고 나서야 잘못된 걸 깨닫고는 하잖아. 하지만 그것을 잃기 전에 소중한 것을 미리 알아보는 마음이 있다면 얼마나 좋을까.

그런데 좋은 사람으로 변화할 수 있는 계기가 되었다면 정신적 육체적 고통이 있다 해도 나쁜 것만은 아니라는 요엘이의 말은 정말 놀라웠어. 엄마라면 그렇게 생각할 수 있었을까?

어쩌면 엄마는 잃는 것을 두려워하는 마음이 너무 커서 미리 변화하는 게 더 낫다고 이야기하고 있는 것인지도 몰라.

오늘은 요엘이가 엄마보다 큰 사람으로 느껴진다.

❖『두 번 태어나다』(주세페 폰티지아, 이옥용 옮김, 궁리)

공감을 발견하는
기쁨

이제껏 친구들을 매일 만날 수 없다는 게 홈스쿨링의 거의 유일한 단점이 아닐까 생각해 왔어요. 그런데 학교 이야기를 담은 책들을 여러 권 읽어보니 자주 만난다고 해서 더 좋은 친구가 되는 건 아닌 것 같아요.

매일 만나지는 못하지만 저도 일주일에 한 번 교회에서 만나는 친구들이 있고 아주 어렸을 때 만나 여전히 메일로 연락을 주고받는 친구도 있어요. 특히 『스마일』이라는 책을 읽고 나니, 자주 만나지는 못해도 좋은 친구들과 꾸준한 관계로 지내는 게 중요하단 생각이 들었어요.

『스마일』은 작가가 중학교 시절 치아 교정을 하며 겪은 이야기를 담은 그래픽 노블이에요. 주인공 레이나는 학교에서 매일 친구들을 만나지만 외롭고 힘들어 해요. 어렸을 적 사고로 앞니가 부러져 4년이라는 긴 시간 동안 교정을 할 수밖에 없었는데, 친구들은 교정기를 낀 레이나의 조금 특이한 외모를 두고 계속 놀려대요.

친구들은 레이나에게 너에게는 '멋진'이라는 말이 어울리지 않는다거나, 나중에 치아 미백을 꼭 해야 한다거나, 범생이처럼 보인다고 말해 상처를 줘요. 교정을 하는 것만으로 이미 힘든 일인데 매일 다니는 학교에서 친구들이 놀려댄다면 얼마나 씁쓸하고 기분이 안 좋을까요?

저도 그런 비슷한 기분을 느낀 적이 있어요. 초등학교 2학년 때, 지금과 마찬가지로 저는 노래를 잘하는 편이 아니었어요. 어느 날 음악 시간에 다른 아이들과 함께 노래를 부르는데 같이 부르던 아이 중 한 친구가 저를 콕 집어 "넌 음치구나!"라고 말해서 정말 속상하고 화가 났어요.

나중에 곰곰 생각해 보니 더 화가 났던 이유는 그때 제가 '음치'라는 단어의 뜻을 정확하게 몰랐기 때문에 제대로 대응하지 못했다는 점이었어요. 그때 "나 음치 아니야. 그렇게 말하지 말아줘!"라고 말하지 못한 게 지금까지도 후회돼요.

친구들이 외모에 대해서 끊임없이 지적하고 놀리는데도 딱 잘라서 말하지 못하는 작가의 이야기를 읽는 동안 몇 년 전 제가 겪은 일들이 떠올라 더 안쓰러운 마음이 들었어요. 더 커서 하자며 미뤘지만, 저도 교정을 할 뻔 했잖아요? 레이나가 그랬던 것처럼 저도 교정을 하면 모습이 달라져 친구들이 멀리할까 봐 솔직히 걱정이 되기도 했어요.

그래도 이 책을 읽는 동안 '어, 나도 이런 적 있었는데!' 하고 공감할 수 있는 부분이 많아 내내 즐거웠어요. 책에서 자신의 생각과 같은 생각이나 자신이 경험한 것과 비슷한 일을 발견하게 되면 전보다 그 책이 더 좋아지는 것 같아요.

작가의 이야기를 읽고서 언젠가 하게 될 교정이 구체적으로 어떤 과정일지 짐작할 수 있게 된 건 좋았지만 자세히 알고 나니 더 두려워지고 말았어요. 올해 봄부터 교정을 시작한 제 친구가 말하길, 처음에는 많이 신경 쓰이고 아프다고 했어요. 치아를 잡아당겨 틀에 끼워 맞추는 느낌이라고 설명해 주었죠. 아, 나도 해야 하는데…. 다시 걱정이 되기 시작했어요. 거기다 며칠은 아무것도 먹지 못했다는 말을 들으니 슬프기까지 했어요. 세상에, 아픈 데다 배까지 고픈 일이라뇨!

참 방금 생각났는데, 언젠가 엄마도 치아 교정을 해야 한다고 하셨잖아요?! 그 말을 들은 지 벌써 몇 년은 지난 것 같은데. 혹시 엄마도 무서워서 미루고 계신 거예요? 엄마랑 함께 하면 덜 무서울 것 같은데, 우리 같이 시작하는 거 어때요?

❖ 『스마일』(레이나 텔게마이어, 원지인 옮김, 보물창고)

우리에게 주어진 특권을
누리는 기쁨

햇살 가득한 언덕을 올라간 적이 있어. 옆구리에는 전문가들이 사용할 법한 두툼한 재질의 스케치북을 끼고 있었지. 어깨에 멘 에코백 속에는 발색이 풍부한 색연필 세트와 굵기가 제각각 다른 연필들, 그리고 섬세한 표현을 도와줄 드로잉 펜까지 알차게 들어 있었어. 이윽고 정상에 올라 얇은 돗자리를 펴고 앉으니 눈앞에 자연과 도시가 아름답게 어우러진 풍경이 펼쳐졌어. 엄마는 신선한 공기를 크게 한 번 들이마시고 준비한 도구들을 이용해 스케치북에다 눈앞의 풍경을 쓱쓱 그리기 시작…, 하면 얼마나 좋을까.

그래. 이건 꿈이야. 현실의 엄마는 그림 잘 그리는 사람들을 부러워만 하는 사람이야. 강아지를 그리면 곰이 되고 고양이를 그리면 호랑이가 되고야 마는 엄마가 그림 잘 그리는 사람을 부러워하는 건 어찌 보면 당연한 일이겠지?

갑자기 웬 그림 이야기냐고? 요엘이는 『스마일』을 보고서 친구들 사이에서 일어났던 일과 치아 교정에 관해 공감하고 또 새로운 사실을 알게 됐다고 했잖아. 엄마는 김한민 작가의 『그림 여행을 권함』을 읽으면서 '아, 나도 정말 이렇게 해 보고 싶다'는 마음이 강렬하게 들었어. 『스마일』과 내용 면에서는 아무 상관이 없을지 모르지만, 저자가 실제로 경험한 이야기라는 점이 닮았지. 그림에 대해 궁금한 것이 많은 엄마가 그림에 관한 새로운 면을 알게 된 책이라 요엘이에게도 소개하고 싶었어.

일단, 엄마가 그래픽 노블을 얼마나 좋아하는지는 알지? 가끔은 긴 문장보다 한 컷의 그림이 마음을 후벼팔 때가 있거든. 김한민 작가의 책은 그래픽 노블은 아니지만 그림이 글만큼이나 많은 그림 에세이야. 그림 잘 그리는 사람을 워낙 동경하다 보니 그래픽 노블이나 이 책처럼 삽화가 들어간 책들을 특히 좋아하게 된 건지도 모르겠어.

이 책은 그림 그리는 법을 가르쳐주는 책이 아니야. 그림 그리기를 권유하는 책이지. 그림을 잘 그리는 사람만 그림으로 여행을 표현해 내는 건 아니라고, 일단 그려야 한다고, 그림을 그리는 건 인류에게 주어진 엄청난 특권이라고 해. 우리가 왜 그림을 그려야 하는지, 그림을 그리는 여행이 사진으로 순간을 남기는 여행과 왜 다른지를 말해 줘. 생각해 보면 작가의 말이 맞아. 사진만 찍고 돌아선 곳은 나중엔 기억이 잘 나지 않을 때가 많거든.

그리고 아바타 만들기를 권유하는 부분이 있어. 나를 대신하는 캐릭터 만들기라고 생각하면 될 것 같아. 아바타는 내가 원하는 어떤 모습이든 될 수 있어. 동물이어도 되고 사람이어도 되지. 나를 대신해 내 그림 속에 존재해 줄 아바타를 만들고 나면 그림을 그릴 준비가 된 거래.

그런데 일단 시작하라고 말하는 작가가 이미 그림을 너무 잘 그려서 자신감이 바로 생기지는 않았어. 아, 이게 문제야. 왜 무얼 할 때마다 전문가와 비교하면서 시작부터 움츠러드는 걸까.

언제부터인가 새로운 일을 시작하려면 자꾸 멈칫거리는 마음과 몸을 느껴. 돈이 들어가는 일이면 더욱 그래. 고민하고 계산하다 시간은 흘러가고 그나마 있던 용기도 사라져버려서 계속 포기하고 말지.

그런데 이번엔 그러지 않기로 했어. 그림을 배우기로 했거든. 물론 작가가 돈을 들여 그림을 배우고 나서 그리라고 한 건 아니지만, 마음이 맞는 몇 사람과 함께 그림을 그리는 시간은 엄마에게 엄청난 에너지를 선물할 것 같아서 시작해 보기로 했어.

작가의 말을 어긴 게 또 하나 있다면 도구는 최대한 단순한 게 좋다고, 여러 가지 색도 필요 없다고 했는데 무턱대고 132색 색연필을 사버린 거지. 일종의 동기 부여랄까. 물론 평생 쓸 생각으로 산 거야. 이거 사려고 지난 한 달간은 밖에서 커피도 사 먹지 않았다니까. 첫 수업에서 몇 시간 동안 엄마가 그린 거라곤 당근 다섯 개와 냄비 하나뿐이었지만 돌아오는 길에 정말 뿌듯했어. 너무 재밌어서 몇 시간이 어떻게 지나갔는지도 몰랐어.

그리고 이제부터 매일 작은 거 하나씩이라도 그려보기로 다짐했어. 잘 그리는 사람을 부러워하고 꾸준한 기록을 남긴 이들을 대단하다 추켜세우기만 할 게 아니라 진짜로 무언가를 관찰하고 기억해서 손끝으로 남겨 보려고 해. 어려서부터 그림 잘 그리는 사람들을 부러워만 했지 그림을 그려보진 않았으니 소질이 있는지 없는지도 모르는 거잖아. 혹시 알아? 엄마가 나이 마흔 넘어 새로운 재능을 발견하게 될지? 저자가 그러는데, 우리가 그림을 못 그리게 막는 건 잘 그려야 한다는 생각이래.

작가의 권유대로 엄마도 아바타를 만들어보았어. 지금의 엄마처럼 뽀글거리는 앞머리를 하고 동그란 안경을 쓴 아바타야. 한여름만 빼고 항상 즐겨 쓰는 비니도 씌워주었어. 어때? 요엘이도 요엘이만의 아바타를 하나 그려보지 않을래?

추신.
엄마 교정하는 거 너무너무 무서워. 의사가 나중에 할머니 되면 풍치 때문에 고생할 거라고 꼭 해야 한다고 했는데 그 말을 들은 지도 벌써 10년이 넘었어. 그런데 요엘이 글을 읽으니 덩달아 더 무서워졌어. 아, 정말 피하고 싶다.

❖『그림 여행을 권함』(김한민, 민음사)

누군가에게 상처를
주는 말들

엄마. 어제 엘리가 방에 있는 철봉을 잡고 턱걸이를 해 보라기에 시도해 봤는데 늘 그렇듯 하나도 하지 못했어요. 그래서 엘리에게 해 보라고 하니 연속으로 턱걸이를 하더라고요. 그 모습을 감탄하며 지켜보다가 문득, '쌍둥이가 이렇게 다르다니'라고 생각했어요. 우리만큼 다른 쌍둥이는 없을 거예요. 엘리와 저는 운동 신경뿐만 아니라 외모, 성격, 식성까지 다 다르니까요.

제 방 책장의 반을 차지하고 있는, 엄마가 어릴 때 너무나 사랑하셔서 몇 년 전 우리에게 중고로 힘들게 구해 주신 《에이브 전집》 중 제가 가장 좋아하는 책은 『헤어졌을 때 만날 때』예요.

이 책의 주인공인 로테와 루이제는 엘리와 저처럼 얼굴이 다르게 생긴 이란성 쌍둥이가 아닌, 얼굴이 똑같이 생긴 일란성 쌍둥이예요. 하지만 로테와 루이제는 태어나고 얼마 뒤 부모님이 이혼을 하셔서 한 명은 아빠와 한 명은 엄마와 살게 되었어요. 그 때문에 아홉 살이 될 때까지 자신들이 쌍둥이라는 것도, 서로의 존재에 대해서도 모르고 지내요. 그러다 둘은 우연히 만나게 되었고 서로의 똑같은 모습에 놀라죠. 비밀을 알게 된 주인공들은 서로가 살아왔던 모든 환경을 바꿔서 상대방의 집으로 가요.

만약 엘리와 제가 주인공 쌍둥이와 같은 상황에 놓여 있었다면 어땠을까 생각해 봤어요. 아마 우리는 서로를 보고 놀랄 일도 없었을 테고, 심지어 우리가 쌍둥이라는 것도 알아차리지 못했겠죠? 우리는 무척 다르게 생겼으니까요. 그저 생년월일이 같다는 점에 조금 신기해 하고 지나쳤을 거예요.

로테와 루이제는 얼굴은 완전히 똑같이 생겼지만 성격은 몹시 달라요. 저와 엘리처럼요. 루이제는 활발하고 장난꾸러기인 반면에 로테는 신중하고 얌전해요. 얼굴이 다른 이란성 쌍둥이든, 얼굴이 같은 일란성 쌍둥이든 성격이 다른 것은 다 똑같은가 봐요.

서로의 역할과 생활을 바꾸는 모험을 할 수 있었던 주인공 쌍둥이가 내심 부러웠어요. 그리고 내가 주인공이었다면 그런 대담한 결정을 할 수 있었을까, 그런 용기 있는 행동을 할 수 있었을까 생각했어요. 한 번의 결정으로 인생 전체가 바뀔 수도 있으니까요.

실제로 로테와 루이제의 결정으로 이혼해서 따로 살던 부모님이 다시 만나 서로 사랑하게 돼요. 그리고 로테와 루이제가 바라던 대로 모두 함께 살게 되죠. 만약 로테와 루이제가 집을 바꾸어 돌아가지 않았다면, 그런 일은 일어나지 않았을 거예요.

음…, 그런데 언젠가 엄마와 아빠도 로테와 루이제의 부모님처럼 이혼하실 뻔한 적이 있잖아요? 솔직히 처음에 그 얘기를 들었을 때 갑작스럽고 당황스러워서 어떻게 해야 할지 몰랐어요. 저는 어려서부터 엄마와 다양한 가정의 모습에 대해 이야기를 나누었고 또 책을 통해 읽어오기도 한 터라 그럴 만한 이유가 있다면 헤어질 수 있다고 생각했지만 막상 엄마 아빠가 이혼할 수도 있다고 생각하니 너무나 혼란스러웠어요.

그런데 그 혼란했던 마음이 조금 진정되고 나자 이 책이 떠올랐어요. 로테와 루이제가 부모님을 다시 함께하게 만든 책의 내용이 떠올라서 우리 가족도 언젠가는 다시 원래대로 돌아갈 수 있겠다는 조그만 희망이 생겼었죠. 그때 이 책이 무척 당황스러웠던 제 마음에 위안이 되어주었어요.

처음에 엘리와 전 다른 점이 많은 것 같다고 말했잖아요? 그런데 이상하게 다른 사람들이 과하게 놀라면서 "와 진짜 다르게 생겼다~"라고 하면 왠지 기분이 안 좋아져요. 쌍둥이의 생김새도 다를 수 있는데 사람들의 반응이 지나치게 크게 느껴졌거든요.

때론 쌍둥이라는 이유로 비교를 당해서 기분이 안 좋아지기도 해요. 몇 주 전에 클라이밍을 할 때도 그런 일이 있었어요. 선생님이 짚어주신 것만 밟고 위로 올라가야 했는데 저는 그 문제를 풀지 못했어요. 뒤이어 했던 엘리는 저와 달리 엄청 잘했고요. 그런데 그 모습을 보던 어떤 분이 "같은 배 속에서 나왔는데 저렇게 달라~, 그지?"라고 말하시더라고요. 그래서 그날 기분이 좋지 않았어요. 뭔가 그 말이 저를 놀리는 것처럼 느껴졌어요.

이런 말뿐만 아니라 엘리와 저를 언니와 동생이라고 생각하는 경우도 많았잖아요. 그런 경우에는 엘리와 저, 둘 다 상처를 받아요. 키와 외모, 체격만 보고 잘 알지도 못하는 사람을 쉽게 판단하는 건 좀 성급한 것 같다고 생각해요. 그렇게 내뱉는 말들이 누군가에게는 상처가 될 수도 있잖아요. 사람들이 자신의 말을 상대방이 어떻게 받아들일지 좀 더 생각해 본 뒤 말했으면 좋겠어요.

저도 누군가에게 상처를 준 말들이 있을까요? 그러고 보니 몇 가지 생각나는 게 있어요. 다른 사람들에게 이런 말을 하기 전에 저부터 돌아봐야겠어요.

추신.
예전에 도서관에서 무슨 책을 읽을까 둘러보던 도중에 주인공 쌍둥이의 이름인 『로테와 루이제』라는 제목의 책이 있는 것을 발견했어요. 우연이라고 생각하고 몇 페이지 읽어보았는데 『헤어졌을 때 만날 때』와 같은 내용이더라고요. 알고 보니 『헤어졌을 때 만날 때』가 오래된 책이어서 요즘은 『로테와 루이제』라는 제목으로 다시 나오고 있었어요. 내용은 같은데 다른 제목으로 나온 책이 익숙하면서도 낯설었어요.

❖ 『헤어졌을 때 만날 때』(에리히 케스트너, 김양순 옮김, 학원출판사)

외모도 선택도
모두 다른 우리

엄마가 어렸을 때 이모와 함께 외출을 하면 사람들이 지나가다 우리를 보고 쌍둥이냐 묻곤 했어. 그만큼 닮았었거든. 키차이가 많이 벌어지면서 더는 듣지 않았지만 꽤 나이가 들때까지 그런 말을 들어야 했지. 요엘이는 쌍둥이인데 언니 동생이냐고 묻는 말이 듣기 싫었다지만 엄마는 자매인데 쌍둥이냐 묻는 그 말이 정말 싫었어. 항상 부은 얼굴로 못된 눈을 만들고 "아니에요, 쌍둥이 아니에요!"라고 대답했지.

그 말이 왜 그리 싫었을까? 나이 차이가 얼마 나지 않아도, 같은 부모를 가졌어도 사람은 다 다른데, 그런 다름이 무시당하는 느낌이었나 봐. 같은 부분이 하나도 없는 쌍둥이를 가진 요엘이는 누구보다도 잘 이해할 수 있겠지.

쌍둥이가 주인공인 『헤어졌을 때 만날 때』는 엄마도 《에이브 전집》에서 가장 좋아하던 이야기 중 하나야. 엄마가 그 책을 읽었을 때는 주인공이 쌍둥이라는 게 너무 놀라웠어. 그때까지 엄마는 주변에서 쌍둥이를 본 적이 없었거든. 같은 날 같은 시간에 같은 엄마로부터 태어난 쌍둥이라는 존재가 너무나 신기하게 다가와서, 쌍둥이를 주제로 이런저런 상상을 하며 놀곤 했어. 어차피 쌍둥이 아니냐는 소리를 들으니까 언니와 정말 쌍둥이라면 어떨까 하는 상상 같은 것도 해 보고 말이지.

요엘이는 쌍둥이 자매가 있다 보니 그런 신기함은 없었겠지? 같은 이야기를 읽어도 다가오는 부분이 다른 점 때문에 책을 함께 읽고 대화를 나누는 일이 더욱 재미있는 것 같아.

엄마가 읽은 책 중에 제인 오스틴의 『이성과 감성』이라는 소설을 보면 달라도 너무 다른 자매 엘리너와 메리앤이 등장해. 둘 말고도 어린 막내 동생이 있기는 하지만, 지금은 이 둘의 이야기만 해 볼게.

아버지가 돌아가시고 난 뒤, 사는 집도 삶의 방식도 모두 바꾸어야 하는 처지에 놓인 상황에서 언니인 엘리너는 슬픔에 빠진 어머니를 돌보며 집안을 이끌어가느라 자신의 솔직한 감정 표현은 조금 숨겨 둔단다. 언제나 자신의 욕구보다는 해야 하는 일을 먼저 살피지. 동생인 메리앤은 그런 언니를 답답해 하며 남들의 시선에는 개의치 않고 감성적인 자신의 성향을 마음껏 드러내는 캐릭터야.

책을 읽으면 아무래도 주인공의 이미지와 행동에 자신을 대입시켜보게 되잖아? 엄마는 눈물도 많고 쉽게 흥분하는 편이라 스스로를 감성적인 사람이라고 생각했었어. 그런데 언제부턴가 감정을 잘 드러내지 않고 속으로 삭일 때가 많아지더라. 감정을 잘 드러내지 않는다고 해서 이성적인 사람이 되는 건 아니겠지만 나이를 조금씩 먹으며 감성이 좀 메말라가나 싶은 생각이 들기도 해.

요엘이는 어떤 쪽인 것 같아? 사랑 앞에서도 감정을 잘 드러내지 않던 엘리너? 아니면 끝까지 자기 자신의 마음과 감정에 솔직하던 메리앤?

물론 이 책은 1811년, 그러니까 무려 200여 년 전에 쓰인 소설이기 때문에 현재의 모습과 비교하기에는 무리가 있겠지? 하지만 이렇게 오래전에도 서로 너무나 다른 성격을 가진 자매의 모습을 생생하게 그려낸 이야기책이 있다는 게 놀랍지 않니?

같은 날에 태어난 쌍둥이든 같은 환경에서 자란 자매든 조금만 들여다보면 모두 다르다는 것에 대해 생각하다 이 책을 떠올렸지만, 사실 이번 편지를 받고서는 요엘이에게 어떤 이야기를 하면 좋을까 고민해야 했어.

엄마가 어릴 때는 다양한 가정의 모습을 접하는 일이 어려웠어. 인터넷도 없고 텔레비전에도 채널이 몇 개 없어서 주위 어른들이 해 주는 이야기가 생각을 많이 좌우하던 시대였던 것 같아.

그때는 '이혼'이라는 표현도 잘 쓰이지 않았고 어느 집 아빠가 부인이랑 애들을 버리고 나갔다더라, 또 다른 집 엄마는 남편을 떠나 도망갔다더라, 하는 식으로 이혼에 대한 이야기가 나오곤 했어. 그래서 외국 작가의 책에서 이혼한 가정의 이야기를 읽으면 조금 신기하기도 했지.

『헤어졌을 때 만날 때』를 처음 읽었을 때도 사실은 이해가 잘 되지 않았어. 이혼한 엄마와 아빠가 서로 미워하지 않고 지낸다는 게 말이야. 아내와 남편으로 살던 사람들이 헤어지는 일이 꼭 누가 누구를 버리거나 서로 원수가 되어서가 아니라는 사실을 알게 된 건 어른이 된 뒤였어.

그래서 엄마는 아이를 낳고 키울 때 아이가 자라 이런 이야기를 나눌 기회가 온다면 이혼도 결혼과 마찬가지로 누군가의 선택일 뿐이라고, 그게 그 사람의 삶을 판단하는 기준이 될 수는 없다고 말해 주고 싶었어. 물론 엄마에게 그런 상황이 올 거라고 생각했던 건 아니었어. 혼란함 속에서 요엘이가 로테와 루이제를 떠올리며 희망을 가지는 동안 엄마도 충분히 고민하고 다시 시작한 셈이야.

요엘이에게 이런 고민까지 솔직히 이야기한 게 옳은 일인지 엄마는 잘 몰라. 그리고 어떻게 될지 모르는 일에 대해 장담하는 건 거짓말처럼 느껴지니까 앞으로 우리에게 무슨 일이 있을 거라고 확신해서 말하지도 못하겠어. 하지만 어떤 상황이 와도 더 나아지려는 노력 없이 결정하지는 않을 거란 거, 지금까지 그랬듯이 솔직할 거란 거, 그리고 너의 힘듦도 누구보다 예민하게 살필 거라는 걸 너에게 확실히 약속할 수 있어.

고마워 요엘아. 고민했던 걸 나누어주어서. 넓은 생각으로 세
상을 바라봐 주어서.

❖『이성과 감성』(제인 오스틴, 윤지관 옮김, 민음사)

세상에 존재하는
다양한 가족

엄마, 얼마 전 교회 근처에서 예전에 간식을 챙겨주던 고양이와 아주 비슷하게 생긴 길고양이를 만났잖아요? 요즘 태풍이 자주 오는데 그 고양이는 잘 지내고 있을까요? 비도 많이 내리고 바람도 많이 불어서 다치진 않았을까 걱정이 돼요.

일주일에 한 번밖에 먹을 걸 챙겨주지 못하니 굶고 있는 건 아닐까 걱정되기도 하고요. 길고양이들은 안전하다는 보장이 없기 때문에 계속 마음이 쓰여요. 저한테 길고양이를 도와줄 능력이 없다는 게 너무 속상해요. 그래서인지 길에서 살아가는 동물을 구조하고, 다친 동물을 치료해 주는 사람들을 보면 제 마음이 따뜻해져요. 제가 못 하는 일을 대신 해주시는 것 같아 감사하기도 하고요.

『모두 깜언』의 주인공인 유정은 동물과 자연을 사랑하는 중학생이에요. 주인공은 다친 동물을 보면 그냥 지나치지 못해요. 버스에 치인 길고양이를 병원에 데려가고, 모두가 포기하라고 했던 약하게 태어난 강아지도 끝까지 애쓰며 돌봐요. 자세히 나오지는 않았지만 날개를 다친 황조롱이와 기운이 없어 보이던 너구리도 집에 데려갔었다고 해요. 아픈 동물들을 보는 족족 그렇게 구조하며 마음을 쓰는 일이 쉽지 않았을 텐데 나이도 어린 주인공이 그런 행동을 하는 게 대단하게 느껴졌어요.

사실 이런 따뜻한 마음을 지닌 주인공은 남들과 많이 다른 생활을 하고 있었어요. 어렸을 때 아빠가 사고로 돌아가시고, 엄마는 재혼해서 다른 가정을 꾸렸거든요. 그 뒤로 유정이는 할머니와 작은아빠 손에서 컸어요. 부모님 없이 살아가는 주인공의 마음은 어땠을까요? 손자만 예뻐하는 것처럼 보이는 할머니와 작은엄마, 작은아빠 그리고 두 명의 사촌 동생들 속에서 분명 외로운 때가 적지 않았을 거라고 생각해요.

『모두 깜언』은 유정이와 주변 사람들을 중심으로 다양한 형태의 가족과 그들이 처한 상황들을 보여줘요. 그리고 동시에 그런 형태의 가족들에게 따라붙는 사람들의 시선과 편견을 보여주기도 하죠. 예를 들면 유정이의 친구 중 한 명도 어렸을 때 엄마가 집을 나갔고, 유정이의 작은아빠는 베트남 사람과 결혼을 했어요.

구순 구개열을 가지고 태어난 유정이는 캠프에 갔다가 '언청이'로 불리며 따돌림받을 뻔했고, 사촌 동생은 엄마가 베트남 사람이라는 이유로 놀림을 받았어요. 그런데 유정이는 사촌 동생한테 그건 창피한 게 아니라고, 오히려 2개 국어를 할 줄 아는 작은엄마가 대단한 거라고 얘기해 줘요.

그 부분을 읽는데 이탈리아에 있는 사촌 동생 '나무'가 생각났어요. 생각해 보면 유정이의 사촌 동생과 제 사촌 동생에겐 비슷한 점이 많은 것 같아요. 둘 다 혼혈이고 아빠의 나라에 살고 있으니까요. 그래서 혹시 나무도 이탈리아에서 그런 놀림을 받는 건 아닌지 걱정이 들었어요.

『모두 깜언』의 '깜언'이라는 단어, 혹시 전에 들어본 적 있으세요? 저는 들어본 적도 읽어본 적도 없는 단어여서 깜언이 무슨 뜻인지 궁금했어요. 어감도 신기해서 사투리 같은 건가 생각했는데, 알고 보니 깜언은 베트남어로 '고맙다'라는 뜻이더라고요.

우리는 누구나 살면서 고마운 일을 겪는데, 그걸 받은 대로 돌려주기란 어려운 일이잖아요. 그럴 때 상대방에게 "고마워"라고 말할 수 있다는 게, 참 다행인 것 같아요. 그 한마디에 제 마음을 전달할 수 있으니까요. 그런 의미에서, 오늘은 좀 다르게 편지를 끝마치려고 해요.

"모두 깜언!"

❖『모두 깜언』(김중미, 창비)

배려 없는 시선은
폭력이 되기에

오랜만에 나무와 영상 통화를 했어. 그래, 네 사촌 동생이자 엄마의 조카 말이야. 나무는 하나뿐인 이모인 엄마를 잘 따르고 좋아하지만, 아무래도 1년에 11개월 이상 영상 통화로만 만나서 그런지, 화면 건너 여전히 부끄러워하더라. 오늘도 말은 한마디도 않고 배시시 웃으며 손가락 하트를 날려준 게 전부였어.

알리체 나무. 한국 엄마와 이탈리아 아빠를 가진 아이. 검은 머리에 검은 눈동자를 가졌지만, 한국에서 외출할 때마다 "혼혈이에요?"라는 질문을 듣는 아이. 할머니랑 할아버지는 나무가 한국어를 못 해서 속상해 하시지만, 엄마는 나무와 외출해서 그런 말을 들을 때면 한국말을 못 알아듣는 게 다행이다 싶었어. 외모로 타인의 정체성을 멋대로 가늠하고 그걸 호기심으로 포장해서 처음 보는 이에게 기어이 묻고야 마는 사람들, 그들의 무례함을 너의 사촌 동생이 그대로 만나지 않아서 다행이라 생각했지.

요엘이는 이번 책 편지에서 주인공인 유정이 이야기를 길게 써주었는데, 엄마는 제목에 깜언이라는 베트남어가 적혀 있

어서인지 유정이의 작은엄마가 베트남 사람이라는 것에 집
중하게 되더라.

엄마가 최근 읽은 책에서도 동남아에서 한국으로 온 엄마의
이야기가 나오거든. 네가 적었듯이 다양한 문화를 가진 사
람들이 만나 어우러지는 건 어쩌면 당연한 일이야. 그렇지만
누군가에겐 평범하기만 한 일상이 다른 누군가, 혹은 어딘가
에서는 다다를 수 없는 일이기도 해. 엄마가 읽은 『카니발』이
라는 소설 속 예슬이와 그 엄마처럼.

예슬이의 엄마는 필리핀 사람이야. 『모두 깜언』에서 유정이
는 작은엄마가 2개 국어를 하니까 대단하다고 말해 주지만,
예슬이의 엄마는 4개 국어를 하면서도 한국어를 하지 못한
다는 이유로 무시당하고 욕을 먹어.

소설 속에서 예슬이는 음성 틱과 외설 틱을 동반한 투렛 증후
군을 앓고 있어. 조금 쉽게 이야기하자면 자신의 의지와는 상
관없이 입에서 욕이나 성적인 이야기가 튀어나오는 거야. 예
슬이는 이런 틱 때문에 학교나 일상생활에서 어려움을 겪어.

예슬이가 투렛 증후군으로 학교에서 쫓겨날 위기에 처하자 예슬이 엄마는 예슬이를 자신의 고향으로 데려가고 싶어 해. 결혼 후 아이들을 데리고 처음 고향에 갔던 당시, 예슬이가 영어나 엄마의 고향 말인 비사야어를 사용할 때는 투렛 증후군이 나타나지 않았다는 걸 떠올렸거든. 하지만 예슬이도 엄마도 고향인 필리핀의 네그로스 섬으로 돌아가지 못한단다. 소설이지만 너무나 마음이 아파서 차마 여기에 쓰기 힘든, 영영 돌아가지 못할 상황이 생겨버리거든.

책을 읽고 나서 엄마는 오래 아팠어. 소설이지만 그 내용을 허구의 이야기라고만 생각하고 말기에는, 엄마가 보고 들은 현실의 모습과 너무나 닮아 있어서야. 우리가 사는 이 나라 어딘가에서 일어나는 일이라고 생각했기에, 소설 속 예슬이처럼 아픔을 물려받은 아이들이 어딘가에 있을 걸 알기에, 또 안다고 해도 내가 그들에게 별 도움이 되지 못할 것이기에, 한참 괴로웠어.

요엘이에게 이 이야기를 어떻게 설명할 수 있을지 모르겠어. 소설 속에서 예슬이도 그렇게 말하지만, 우리나라의 농촌 중

많은 곳은 이주 여성들이 아니었으면 생명이 끊기고 노인들만 남은 죽어가는 땅이 되었을 거야. 그런 생각을 하면 이주 여성들이 대우받고 존경받아야 할 텐데, 남자들은 왜 그들을 지배하려고만 했을까?

어려운 가정 형편에 도움이 되고 싶은 마음으로 먼 나라까지 올 결심을 했고, 이곳의 사람과 사랑을 믿고 살아가는 여성들을 왜 자신의 소유물로만 여길까? 왜 함부로 대하고 망가뜨릴까? 자신보다 못나도 화를 내고 잘나도 화를 내는 그 마음은 무엇일까? 엄마가 품은 이 많은 질문의 답을, 네가 커서 내게 같은 질문을 던져오기 전에 과연 찾아낼 수 있을까?

엄마 책장에 있는 책이니 너도 언젠가 읽게 되겠지만, 아마 책을 읽을 만큼 자라기 전에 이미 알게 되겠지. 우리가 사는 세상에는 믿기지 않을 정도로 폭력에 시달리는 사람들이 많다는 걸. 악질적인 소문과 괴롭힘이 어느 한 대상을 향할 때, 주변에서 그것에 동조하는 일도 어렵지 않게 찾을 수 있고 말이야.

예슬이 가족이 살았던 작은 시골 마을처럼 폐쇄적인 공간과 집단에서라면 소문과 폭력이 더 쉽고 빠르게 번질 수 있을 거야. 하지만 아무리 그렇더라도 가장 가까운 곳에서 힘이 되어야 할 아빠가 예슬이 엄마의 말을 들어주고 믿어주었더라면 그렇게 나쁜 일은 생기지 않았을 거야.

상황은 다르지만 엄마는 그런 적이 없었을까? 잘 알지도 못하면서 누군가를 오해하거나, 확실하지 않은 말로 다른 사람에게 상처를 주진 않았을까? 잘 알지 못했다고 해서 책임이 없는 것은 아니니까.

혹시 모르게 벌였을 지난날의 못난 행동에 대해서 머리 숙여 사과하고 싶은 밤이야. 부당한 이유로 공격받는 사람들의 편에서 힘이 되어주고 싶은 밤이기도 해. 너무 늦은 다짐은 아니어야 할 텐데.

요엘이도 엄마도 서로 다른 책을 읽었지만, 우리 둘 다 이탈리아에 있는 나무를 떠올렸구나. 요엘이는 유정이의 사촌 동생을 보며 나무가 떠올라 걱정스런 마음이 생겼고, 엄마는 눈에 띄는 생김새로 인해 주변 사람들에게 시선의 대상이 된다는 점에서 나무가 생각났어. 이런 걱정 따위는 필요 없는 세상이 오기를 바라며 엄마도 요엘이처럼 인사해 볼래.

"모두 깜언!"

❖『카니발』(강희진, 나무옆의자)

편견이라는
안경을 쓴 사람들

2015년 우리나라에 들어온 메르스, 엄마는 그때 일어난 일들을 저보다 많이 기억하고 계시겠죠? 솔직히 말해 저는 그당시 메르스 때문에 학교에 가지 못했던 기억 밖에 나지 않아요. 그래서 작년에 『살아야겠다』를 처음 읽었을 땐 조금 놀랐어요. 메르스 환자와 환자 가족의 입장에서 쓴 이 책에는 제가 몰랐던 이야기들이 가득했거든요.

책을 읽으면서 당시 사람들이 메르스를 어떻게 이겨냈는지, 어떤 치료를 받았는지에 대해 알게 됐어요. 제가 학교에 안간다고 신기해 하며 좋아하고 있을 때, 어떤 사람은 이렇게 생사를 넘나들며 힘들게 싸우고 있었다는 걸 알게 되니 미안하고 안타까웠어요.

책을 읽기 전에는 메르스를 일종의 감기라고만 생각했어요. 그 말이 맞을 수도 있지만 『살아야겠다』를 읽고 난 뒤엔 메르스가 '다른 사람들의 일에 무신경한 사람들'의 본모습을 보여줬다는 생각이 들었어요. 또 메르스는 사람들에게 편견이라는 안경도 씌웠다고 생각해요. 그 안경 때문에 메르스에 걸렸던 사람들은 완치 판정을 받은 뒤에도 메르스로부터 자유롭지 못해요.

사람들을 만나 대화를 하다가도 자신이 메르스 환자였다는
이야기를 하면 상대가 눈치를 보며 자리를 떠나는 일이 있기
도 하고, 소중한 직장에서 해고를 당하기도 해요. 심지어 협
박 전화까지 받고요. 메르스로 셀 수 없이 많은 걸 잃었는데,
어째서 평범한 일상까지 빼앗기고 만 걸까요?

메르스도 다른 병들과 마찬가지로 병에 걸린 사람과 그렇지
않은 사람을 구분하는 기준이 있었어요. 하지만 그 기준이
무너지고 확진자가 전국에서 발생하는 상황 속에서 정부는
문제를 해결하기보다 사실을 숨기는 데만 급급했어요.

제가 진짜로 이해할 수 없었던 건, 정부와 병원이 메르스 환
자들과 가족들의 목소리를 전혀 들으려 하지 않았다는 거예
요. 심지어 마지막 메르스 환자는 퇴원이 가능한 상태였는데
도 별다른 대책 없이 계속해서 격리 병실에 가두었어요. 음
성 판정을 받은 환자와 보호자가 퇴원을 원했는데도 말이에
요. 말이 병원이지 격리되어 있는 모습이 마치 감옥처럼 보

였어요. 금방 퇴원할 수 있을 거라 생각했던 환자들은 정말 억울했을 것 같아요.

이 책을 읽으면서 우리가 꼭 전하고 싶은 말이 있는데도 상대방이 들어주지 않고 무시하는 상황에 대해 많이 생각하게 되었어요. 그 말이 누군가의 생명과 연결된 이야기인데도 들어주는 사람이 없다면 어떤 기분일까요?

사실 이번에 『살아야겠다』를 다시 읽은 이유는 최근에 『알지 못하는 아이의 죽음』을 읽다가 떠올랐기 때문이에요. 『알지 못하는 아이의 죽음』은 두 명의 현장실습생이 일을 하다가 죽은 사건들을 기록한 책인데, 저는 두 책 사이에 공통점이 있다고 느꼈어요.

한 현장실습생이 회사에서 일어난 폭력을 견디지 못해 자살을 해요. 저는 그 죽음이 너무 안타깝고 폭력을 행사한 사람들에게 정말 화가 났어요. 말 한마디가 영원한 상처로 남을 수 있다는 것을, 폭력이 죽음을 부를 수도 있다는 것을 모든 사람들이 알았으면 좋겠어요.

다른 회사의 현장실습생은 기계를 수리하는 중에 몸이 끼는 사고로 사망해요. 자신의 아들이 고장 난 기계 때문에 죽었다는 사실을 알았을 때 그 부모님은 얼마나 분노했을까요. 심지어 회사는 처음에는 기계가 잘못된 걸 인정하지도 않았어요. 기계는 문제가 없었고 제대로 버튼만 눌렀다면 괜찮았을 거라 거짓 변명을 하죠. 무엇보다 제가 화가 났던 이유는 이것 때문이에요.

설사 그 사람의 실수였다고 해도 사람이 죽었는데 어떻게 그런 말을 할 수가 있죠? 사랑하는 사람을 잃는 건 겪어보지 않고는 모를 고통과 슬픔이겠지만, 책을 읽으면서 그분들의 감정이 제게도 고스란히 전해졌어요.

이 현장실습생들의 두 사건과 메르스라는 사건에는 큰 공통점이 있어요. 첫 번째 공통점은 세 사건 모두 예기치 않게 일어났고, 그 일로 인해 죄 없는 사람들이 고통받았다는 거예요. 두 번째 공통점은 그들이 고통과 어려움을 이야기했을 때 그걸 무시하고 모른 척하는 상대가 있었다는 거예요. 혼자 힘으로 이길 수 없는 큰 상대가 말이에요.

우리가 도움을 필요로 할 때 정부와 사회, 권력을 가진 사람들이 이런 식으로 우리를 모른 척하고 무시하며 도리어 책임을 돌리는 건 문제가 있는 것 같아요. 서로가 서로의 도움이 필요할 때 이렇게 두 갈래로 나뉘는 건 바뀌어야 한다고 봐요. 우리 정부와 사회가 마음에 상처와 억울함을 가지고 있는 사람들을 위로하고, 이해하고, 배려해 줬으면 좋겠어요.

❖『살아야겠다』(김탁환, 북스피어)

❖『알지 못하는 아이의 죽음』(은유, 돌베개)

책이 주는
숙제이자 선물

요엘이가 쓴 편지를 읽으니 세월호 생각이 났어. 피해의 내용과 규모는 다르지만, 2014년 이후로는 국가시스템의 부재로 인해 희생자가 발생하는 일을 보게 되면 항상 세월호 생각이 먼저 나는 것 같아. 정확한 원인 규명과 책임자 처벌 및 재발 방지를 위한 노력에 대한 아쉬움이 마음에 남아서 그럴 거야.

엄마에게 떠오른 책은 몇 년 전 너무나 인상 깊게 읽은 이스라엘 작가 다비드 그로스만의 책 『시간 밖으로』야. 그저 독특한 형식의 소설이라 생각하며 읽기 시작했는데 몇 장 넘기지 않아서 이 책은 '사랑하는 이들을 잊기 거부하는 자'들의 목소리라는 걸 알게 되었어.

이야기는 '마을의 기록자'라고 칭해진 사람의 시점에서 서술되고 있어. 그는 공작의 명령에 의해 마을 사람들을 관찰하고 그들의 행동과 대화, 생각을 기록하는 사람이야. 책은 그가 관찰하는 등장인물들의 대화와 내면의 외침만으로 이루어져 있어. 그것은 때로 시 같기도 하고 노래 같기도 하다가 절규가 되더니, 어느 순간 심장이 쿵쿵 바닥으로 떨어지는 경험을 하게 만들어.

첫 관찰의 대상인 남자와 아내는 5년 전 아들의 죽음을 겪은 후 고통 속에서 살아가는데 아마도 그 남자는 작가 자신일 거야. 다비드 그로스만은 2006년의 이스라엘-레바논 전쟁에서 아들이 죽는 비극을 겪거든. 2011년에 이 책을 발표했으니 자신의 경험이 녹아들 수밖에 없겠지.

남자는 아들이 떠난 그곳, 어디인지 모르지만 아들이 있을 것 같은 그곳으로 떠나고, 어느새 마을 사람 모두가 남자를 따라 가게 돼. 그렇게 하염없이 걷는 동안 그들 내면에서 터져나오는 이야기들이 이 책의 중심 내용이라고 볼 수 있어.

순식간에 읽을 수 있는 짧은 분량이지만 이 책은 읽을 때마다 긴 시간 여러 가지 생각을 하게 만들어. 그러다 보면 책 속의 인물들이 표현하는 아픔에 주목하고, 잊히지 않는 죽음을 인정해 달라 절규하는 목소리를 듣게 돼. 마을 안 관찰자부터 공작까지 그들은 모두 자식을 잃은 부모라는 공통점을 지녔어. 다 큰 아들을 잃은 사람도 있었고 어린 딸아이를 잃은 사람도 있었어.

세월호와 함께 가라앉은 사람들, 메르스에 희생당한 환자들, 모두의 외면 속에 외롭게 생을 마감한 현장실습생 청년들. 가족들에게는 그들의 죽음이 절대 잊을 수 없고 잊히지 않는 상처로 남았을 거야. 이 책에서 표현하려 한 것도 그런 상처와 아픔이라 생각해.

절제하고 절제해서 남은 게 거의 없는 언어만으로 고통의 본질을 노래하는 이 책을 읽는 동안 몇 번이나 중간에 멈춰야 했어. 많은 단어를 사용하지 않아도, 길게 서술하지 않아도 작가가 표현하려는 고통이 절절하게 살아있었거든.

많은 이들이 상처를 치유하는 방법으로 문학을 택하는 이유를 알 것 같아. 내가 필요로 할 때면 적절한 말을 해 주지만, 슬픔에 잠겨 있을 때는 섣불리 나서지 않고 잠잠히 존재하는 책. 그렇게 책은 모르고 있던 사실을 알려주기도 하고, 소리 없는 위로를 건네주기도 하는가 봐.

누군가는 글을 적는 것으로 상처를 닦아내고 또 누군가는 그 글을 읽으며 위로받는 것이겠지? 요엘이와 엄마가 책을 읽고 누군가의 아픔에 공감하게 된 것처럼 말이야.

요엘아. 5년 전 어린이날을 기억하니? 그날 너는 손에 '언니 오빠들을 구해주세요'라고 쓴 피켓을 들고 엄마와 함께 침묵 행진을 했지. 엄마에게도, 너에게도 처음 있는 일이었어. 먹 먹함에 눈물을 흘리며 피켓을 준비하는데 함께 가겠다며 다 가왔던 여덟 살의 너는 어리고 작았지만, 여리지 않고 단단 했어.

네가 물었지. 왜 이미 많은 것을 잃은 이들이 평범한 일상마 저 빼앗겨야 하느냐고. 왜일까. 아마도 요엘이 말처럼 '편견 이라는 안경'을 쓴 사람들 때문일 거야. 편견과 이기심으로 뭉친 사람들의 마음이 얼마나 폭력적일 수 있는지 우리는 너 무나 자주 목격하며 살아가잖아.

직접 겪지 않았지만 보고 읽는 것으로도 타인의 아픔에 깊게 공감하는 요엘이가 사람들 눈에 씌워진 편견이라는 안경을 하나하나 벗겨나갔으면 좋겠어. 물론 엄마도 그런 사람으로 살기 위해 노력할 거야.

프랑스 작가 아멜리 노통브는 한 소설에서 '책을 읽는다고 사람이 바뀌진 않아, 살아야 하지'라고 말했어. 엄마는 우리도 그래야 한다고 생각해. 사회 곳곳의 아픔에 대해, 억울한 죽음에 대해, 외로운 투쟁에 대해, 잊지 못하는 죽음에 대해 목소리를 내고 알려야 한다고 말이야. 이것이 책이 우리에게 주는 숙제이자 선물인 것 같아.

❖『시간 밖으로』(다비드 그로스만, 김승욱 옮김, 책세상)

미래의 생명들에게서
빌린 지구

엄마도 2011년 3월 일본 후쿠시마에서 일어난 사고를 기억하시죠? 지진의 여파로 인해 후쿠시마 원자력 발전소가 폭발하고 쓰나미까지 몰려와 많은 사람들이 목숨을 잃게 된 그 사고 말이에요. 많은 양의 방사능이 땅을 오염시키자 일본 정부는 후쿠시마 일부 지역 시민들에게 강제 피난령을 내리기도 했죠. 그런데 사람의 흔적이 사라진 그곳, 지진으로 무너진 건물과 쓰나미에 휩쓸린 잔해들 속에 사람들에게 버림받은 생명들이 있었어요.

『후쿠시마에 남겨진 동물들』은 작가가 후쿠시마에 버려진 동물들을 구조했던 이야기를 사진과 글로 보여주는 책이에요. 작가 오오타 야스스케는 동일본 대지진이 일어났던 당시, 후쿠시마 원전 주변에서 개 한 마리가 먹을 것을 찾아 헤매는 영상을 보았어요. 영상을 본 뒤 작가가 실천한 행동은 놀라웠어요. 동물보호 활동가와 상황을 파악해서 최대한의 물과 사료를 차에 싣고 곧장 후쿠시마로 갔죠. 그렇게 작가의 '남겨진 동물 구하기 프로젝트'가 시작되었어요.

솔직히 말하면요, 저는 사람들이 입었을 피해만 걱정했지 그곳에 남겨졌을 동물에 대해서는 전혀 생각하지 못했어요. 그래서 이 책을 읽고 좀 충격을 받았어요. 남겨진 동물들은 짐작보다 훨씬 더 고통스럽고 힘든 삶을 살고 있었기 때문이에요. 그 내용을 글로만 읽었어도 충분히 마음이 아팠을 텐데, 사진과 함께 보니 '아, 이게 진짜로 일어났던 일이구나' 하는 생각이 들면서 더욱 안타까운 마음이 들었어요.

후쿠시마에 남겨진 동물 중에는 개나 고양이뿐만 아니라 소, 돼지, 닭 들도 있었어요. 가축으로 키우던 동물들은 고양이나 개보다 더 살아남기 힘들었는데, 가축들은 살처분의 대상이 되었기 때문이라고 해요. 지진과 해일, 원자력 발전소의 폭발에서도 살아남은 동물들이 결국 인간에 의해 죽게 되었던 거죠. 아무리 사람을 위해 키워진 가축이라지만 그런 고통 속에서 삶을 끝맺게 하는 것이 너무 잔인했어요. 축사에 갇혀 굶어 죽어간 동물들도 너무 마음이 아팠고요.

책을 읽는 동안 제가 할 수 있는 일은 무엇일까 내내 고민했어요. 작가처럼 동물들을 구조할 수는 없지만 제가 생명을 살릴 수 있는 방법은 무엇일까 하고요. 그래서 저도 엄마처럼 채식을 하기로 결심했어요. 10년 넘게 고기를 먹어왔던 제가 갑자기 채식을 할 수 있을까요? 걱정이 조금 앞서지만 저는 최대한 노력하고 싶어요. 엄마가 저보다 선배니까 많이 알려주세요.

사람들과 함께 살던 반려동물들이 버려진 이유도 너무나 슬픈데요, 대피소에서는 동물과 함께 있는 걸 허락하지 않았기 때문이래요. 그들도 가족인데 말이에요. 그래서 당시 적지 않은 사람들이 불편을 감수하고 대피소를 나와 반려동물들과 차 안에서 생활했대요. 만약 제가 대피소 책임자였다면 동물들과 함께하고 싶은 사람들을 위한 공간을 따로 마련했을 것 같아요.

그런데 작가가 말하길 대부분의 사람들이 며칠이면 반려동물을 다시 만날 수 있을 거라 생각하고 피난을 갔다가, 이후 출입 금지 지역이 되면서 가족 같던 반려동물과 헤어지게 되었다고 해요. 사람들의 마음이 얼마나 아팠을까요?

흔히 우리는 후손들에게서 땅을 빌려 살아가는 것이라고 말하잖아요. 전 여기에 덧붙이고 싶은 게 있어요. 우리는 사람의 후손들뿐만 아니라 미래의 동식물들에게서도 자연을 빌리는 것이라고요. 하지만 지금 우리는 그 소중한 땅을 더럽히고 있어요. 원자력 발전소가 꼭 필요한 것일까요? 오히려 원자력 발전소로 인해 많은 피해가 일어나고 있지 않나요?

그뿐만이 아니에요. 우리가 어딘가에서 즐거운 시간을 보내고 있을 때, 또 어딘가에서는 다른 생명들이 인간의 허기를 채우기 위해 죽임을 당하고, 인간들의 재미를 위해 쇼에 나서야 하죠. 우리가 땅을 개발시키고 높은 아파트를 지을수록 그들은 삶의 터전에서 밀려나고, 지구의 온도는 높아지고 그 때문에 자연재해가 일어나요. 정말 끔찍한 악순환이에요. 인간을 위해 이렇게 많은 생명과 지구가 고통받는다니, 있을 수 없는 일이에요.

지금부터라도 되돌리기 위해 노력해야 한다고 생각해요. 자연을 파괴하는 건 쉽지만 되돌리는 것은 어렵잖아요. 나무 한 그루를 잘라 버리는 건 쉽지만 새로운 나무가 그만큼 자라려면 아주 오랜 시간이 걸리는 것처럼요. 이미 많이 파괴

된 환경을 되돌리려면 무척 힘들겠지만 많은 사람이 함께 작은 일부터 실천한다면 덜 어렵지 않을까요.

후쿠시마에 남겨진 동물들처럼, 소중한 생명들이 인간 때문에 떠나는 일이 없었으면 좋겠어요. 더는 인간의 이기심 때문에 다른 생명들이 고통받지 않으면 좋겠고요.

이 책을 읽는 동안 많은 생각이 들었어요. 저부터 바뀌자고 다짐했죠. 그리고 언젠가는 다른 사람들의 마음도 바꿀 수 있는 사람이 되고 싶어요.

❖ 『후쿠시마에 남겨진 동물들』(오오타 야스스케, 하상련 옮김, 책공장더불어)

깨끗했던 눈의 맛을
떠올리며

며칠 전부터 완연한 봄기운이 느껴져. 끌어안고 자던 이불을 나도 모르게 발로 차내던 밤, 계절이 바뀌고 있음을 알았지. 긴 겨울 끝에 찾아온 봄을 반가움으로 맞이하는 것이 당연하련만, 따뜻함과 함께 밀려온 미세먼지에 다시 추위를 그리워하는 사람들을 보며 더는 예전의 아름다운 시절로 돌아갈 수 없음을 깨닫고 슬퍼지기도 해.

엄마가 엠마뉘엘 르파주라는 이름을 안 건 2014년 여름, 프랑스의 만화가가 광화문에서 단식 중이던 세월호 유가족을 찾아가 응원했다는 기사를 접했을 때였어. 호기심으로 검색한 이름이 이 그래픽 노블로 엄마를 이끈 셈이야. 그는 열다섯 살에 데뷔해 현실 속 여러 문제를 만화 속에 담아 이야기를 풀어가는 작가더구나.

요엘이가 읽은 『후쿠시마에 남겨진 동물들』이 핵사고 이후 인간의 이기심으로 버려진 동물들에 관해 이야기하고 있다면, 엄마가 읽은 『체르노빌의 봄』은 인간이 떠나가고 삶의 흔적이 남지 않은 척박한 땅에서 피어나고 살아가는 식물들, 그 땅에서 만난 봄과 희망에 관한 이야기야.

저자이자 책의 주인공인 르파주는 체르노빌로 갈 준비를 해. 체르노빌은 우크라이나 북쪽에 있는 도시야. 지금으로부터 34년 전 그곳에 있는 원자력 발전소 제4호 원자로에서 실험 중 폭발 사고가 있었단다. 이후 그곳은 사람이 살 수 없는 땅이 되었어.

책 속 배경이 되는 2008년에도 체르노빌은 여전히 통제된 땅이지만, 작가는 체르노빌의 예술가들을 위한 집짓기 프로젝트에 참여하기로 했어. 평소에도 반핵 투쟁을 해 온 그와 친구들은 이 프로젝트를 통해 체르노빌에 관한 책을 만들어 그 수익을 방사능에 피폭된 어린아이들을 위한 단체에 기부하기로 한 거지.

프로젝트 때문에 가는 것이기는 했지만 작가는 체르노빌을 직접 눈으로 보고 싶었던 것도 같아. 그가 그런 결심을 하면서 읽었던 책은 스베틀라나 알렉시예비치의『체르노빌의 목소리』라는 책이야. 스베틀라나는 우크라이나 태생의 작가로 참사나 전쟁을 겪은 사람들의 이야기를 오랜 시간 동안 취재해 글로 옮겨내는 놀라운 작가란다.

『체르노빌의 목소리』는 그가 체르노빌 원전 사고를 겪은 사람들을 10년 동안 취재하여 엮은 책인데, 제목이 알려주듯 그들의 목소리를 그대로 담아낸 책이라고 할 수 있어. 엄마도 몇 년 전에 읽고는 굉장히 마음이 아프고 두려워지기도 했던 책이란다.

사고 당시 열아홉 살이었던 르파주는 사고가 났을 때를 정확하게 기억하고 있어. 체르노빌에서 시작된 방사능 구름이 스웨덴과 독일을 지나 전 유럽을 넘어 세계로 퍼진 일을 말이야. 유제품 유통을 금지하고 엄격한 검역을 실시한 유럽의 다른 나라들과 달리 프랑스 정부는 방사능 구름이 프랑스 위로는 지나가지 않는다고 발표했다고 해. 정말 놀라운 일이지. 그런 거짓 뉴스로 국민들을 속이다니.

결국, 프랑스 땅의 3분의 1이나 되는 면적을 세슘이 뒤덮은 후에야 방사능 구름이 지나갔음을 인정했어. 그런데 정부가 이렇게 거짓으로 국민들을 속인 이유는 무엇일까? 세계에서 두 번째로 원자력 발전소를 많이 보유한 나라가 프랑스라서 그랬던 것이 아닌가 싶어. 사람들이 불안함을 느끼면 원자력 발전소를 유지하거나 새로 만드는 데 어려움이 생길 테니까.

오랜 시간이 지났지만 방사능이 뒤덮었던 체르노빌은 지금도 사람이 살지 못하는 금지된 구역이라. 그곳에 가려는 르파주는 당연히 가족들의 반대를 마주해. 실제로 그는 죽을 수도 있다는 각오로 그곳으로 향하지. 그런데 체르노빌에서 그가 발견한 게 무엇인지 아니?

놀랍게도 아름다움, 생명의 아름다움이었어. 햇살에 반짝이는 호수, 부드럽게 부는 바람, 살아있는 꽃과 나무들…. 그러나 여전히 사람이 살 수 없는 땅, 오염된 땅이었지. 작가는 눈에 보이는 아름다움과 보이지 않는 공포 사이에서 혼란스러워해.

그런데 체르노빌에 다녀온 뒤 르파주의 몸에 방사능이 얼마나 피폭되었는지는 책의 마지막 장까지 알려주지 않아. 마치 그것을 가장 궁금해 하는 엄마의 마음을 비웃듯이 말이야. 그래서 더 두려워지기도 했단다. 눈에 보이지 않는 방사능이 정말 무서운 존재라는 걸 알려주는 것만 같았거든.

언젠가 요엘이가 눈이 많이 오던 날에 엄마 손을 잡으며 "엄마는 좋겠다, 고드름도 먹어보고 눈도 먹어봐서."라고 한 적이 있었지? 그날 엄마 마음이 얼마나 아팠는지.

그때는 몰랐어. 낮은 처마에 달린 고드름을 꺾어 혀끝에 가만히 대보는 일이 30년 후에는 상상할 수도 없는 일이 될 줄 말이야. 잊고 있었어. 눈이 오면 밖으로 뛰어나가 추운 줄도 모르고 빙빙 돌며 입을 벌리고 받아먹던 눈의 맛을.

이제는 먼지가 잔뜩 낀 하늘에서 눈이나 비가 내리면 얼른 우산을 찾아 너에게 안기는 어른이 된 엄마는, 이 모든 일이 사람들의 무한한 욕심 때문인 것만 같아서 마음이 어지러워. 하지만 살아있는 모든 것이 떠나고 버려진 땅이었던 체르노빌에도 봄이 찾아왔듯, 뿌연 하늘이 다시 맑아지는 날이 올 거라 믿고 싶어. 그러려면 우리 모두의 노력이 필요하겠지.

지난 주말에 할머니가 끓여주신 미역국에서 고기를 다 건져냈다는 말에 의아했는데 사진 속의 동물들을 보고 당분간 고기를 먹지 않겠다는 결심을 한 거구나. 무언가를 지키기 위해서 좋아하던 것을 포기하는 경험에 도전하는 너를 응원해.
엄마도 무언가 새로이 할 수 있는 작은 일을 찾아봐야겠다.

❖『체르노빌의 봄』(엠마뉘엘 르파주, 해바라기 프로젝트 옮김, 길찾
기)

전염병 시대,
서로가 서로를 믿지 못하는 세상

세상이 무척 뒤숭숭해지고 있어요. 미세먼지가 있든지 없든
지 간에 마스크를 쓰지 않은 사람은 찾아볼 수조차 없어요.
어떤 방송을 틀어도 '코로나19' 관련 뉴스가 나오고요.

사람들은 이 사태가 코로나 바이러스만으로 끝나지 않을 거
래요. 계속해서 새로운 바이러스, 전염병이 나올 거라고 해
요. 사스부터 메르스가 돌기까지 걸린 시간보다, 메르스부터
코로나19가 돌기 시작한 시간이 훨씬 짧다고 하면서요. 저는
이런 얘기들이 들릴 때마다 너무 무서웠어요. 단지 전염병
때문만이 아니라 우리가 살아가고 앞으로도 계속 살아갈 세
상이 너무 빠르게 변하는 것 같아서요.

그 변화는 우리집에도 큰 영향을 끼쳤죠. 바이러스로 인해
아빠는 회사에 못 나가시게 되었고, 엄마는 새로운 일을 시
작해서 바빠지셨어요. 저희는 스스로 해야만 하는 일들이 많
아졌고요. 아빠가 좋아하는 일을 하지 못하고 다른 일을 하
고 계시는 걸 보면 마음이 아팠어요.

저도 개인적으로 큰 행복을 잃은 것 같아요. 코로나 바이러

스가 세상을 뒤흔들면서 제 삶의 활력소였던 클라이밍을 할 수 없게 되었으니까요. 마지막으로 친구를 만난 것도 까마득하게 느껴져요. 처음에는 많은 변화 속에서도 얼마 안 있으면 이 사태가 잠잠해질 거라고 믿고 있었는데, 어느새 올해가 저물어가고 있는 걸 보니 희망이 사라지는 기분이에요.

예전에는 이런 위험이 닥칠 거라 상상도 하지 못했어요. 제가 살아 있을 때는 큰 피해를 입을 정도의 병이나 자연재해가 일어나지 않을 거라고 생각했죠. 그런데 지금 중국과 아시아를 넘어 미국과 유럽, 아프리카까지 코로나 바이러스가 확산되는 걸 보니 제가 막연하게 떠올렸던 그 무서운 미래가 훨씬 가까이 있는 것 같아요.

『위험한 요리사 메리』와 『살아남은 여름 1854』는 모두 전염병에 관한 책이에요. 그래서 자연스럽게 지금의 상황에 비추어 생각하게 되었어요. 『위험한 요리사 메리』는 약 100년 전, 미국에서 장티푸스가 유행할 당시의 실화를 담은 책이에요.

평범한 요리사로 일하던 메리는 어느 날 갑자기 신문에 나고, 집에 박사가 찾아오는가 하면 급기야 병원에 감금되기까지 해요. 주인공 메리는 사실 장티푸스 '건강 보균자'였거든요. 건강 보균자는 균을 가지고 있지만 자신은 그 균으로부터 아무런 영향을 받지 않는 사람을 말해요. 하지만 몸속의 균을 다른 사람에게 옮길 수는 있죠. 메리의 집에 찾아가서 장티푸스 검사를 요구한 박사는 메리를 통해 업적을 남기고 유명해지길 원했어요. 메리가 느꼈을 당황스러움은 생각도 하지 않고 말이에요.

메리는 어디를 가나 경계의 대상이 되었고 격리된 상태에서도 기자들에게 시달렸어요. 게다가 그 기자들은 신문 기사에서 메리를 '인간 장티푸스균', '인간 세균 배양관', '인간 장티푸스 공장' 등으로 표현했죠. 사람이 아니라 장티푸스를 만들어내는 '기계'처럼 표현한 거예요. 이후 기자들뿐만 아니라 사람들도 '장티푸스 메리'라고 불렀어요. 마치 그게 원래 이름인 것처럼 말이에요.

요즘 상황에서 보자면 누군가를 '코로나 ○○'라고 부르는 것과 같은 거죠. 사람의 이름 앞에 전염병 이름을 붙여놓다니,

충격적이지 않나요? 저라면 실명이 알려진 것만으로도 참을
수 없을 것 같아요.

메리는 아픈 곳이 전혀 없었기 때문에 장티푸스에 걸렸다는
사실을 쉽게 받아들일 수 없었어요. 그 모습이 조금 답답하
면서도 안타까웠어요. 다른 사람들과 다를 바 없는 삶을 살
다가 어느 날 장티푸스 보균자라는 사실이 밝혀져 죽을 때까
지 병원에서 격리된 삶을 살게 될 줄 누가 알았을까요.

책을 읽으면서 메리를 경계했던 사람들의 마음이 전혀 이해
되지 않는 건 아니었어요. 누군가가 전염병을 퍼트리고 다닐
수도 있다는 말에 두려웠겠죠. 그러니 메리가 병원에 가지
않겠다고 했을 때는 더 무섭고 이해가 안 됐을 거예요.

그렇지만 의사를 신뢰하지 못하는 메리에게 무턱대고 찾아
와 혈액을 요구한 박사의 행동이나 메리의 실명과 사진을 공
개하고 해골을 요리하는 그림 등을 신문에 실은 기자들의 행
동은 이해할 수도 없고 너무 싫었어요. 왜 사람들은 모두가
어렵고 힘든 상황에서 다른 사람의 마음을 헤아리지 않고 자

신만 생각하는 걸까요?

『살아남은 여름 1854』는 약 200년 전 콜레라가 유행할 당시 한 마을에서 일어났을 법한 일을 작가가 소설로 쓴 책이에 요. 주인공은 강에서 떠내려온 물건을 주워서 파는, 일명 '강 따라기'라고 불려요. 어느 날 제이크 아저씨라는 인물이 주인 공에게 이렇게 말해요.

"너나 나나 다 같은 강따라기들 아니냐. 같은 하늘 아래 우리 가 믿을 거라곤 우리밖에 더 있냐? 그러니 서로 등 돌리지 말 고, 돕고 살아야지. 안 그래?"

저는 이 말이 계속 기억에 남더라고요. 전염병이 돌면 서로 가 서로를 믿지 못하게 되는 걸, 하지 말아야 할 일까지 하 게 된다는 걸 이야기해 주는 듯한 느낌이었어요. 앞에서 말 한 『위험한 요리사 메리』에서도 그랬고 요즘 뉴스만 봐도 그 렇잖아요. 확진자가 나온 동네에 사는 사람들 중에는 확진자 집 주소를 인터넷 사이트에 올린 사람도 있고, 또 중국에서 는 확진자의 전화번호를 유출한 사람도 있죠. 외국에서 일어나고 있는 식료품, 마스크 사재기도 마찬가지예요. 모두가 힘든 상황인데 일단 나만 안전하면 된다고 생각하는 것 같아서 안타까운 마음이 들어요.

『위험한 요리사 메리』에서는 이기적인 사람들이 주인공을 불행하게 만들었다면, 『살아남은 여름 1854』에서는 서로를 믿고 힘을 합쳐 콜레라의 원인을 밝혀내는 이야기를 담았어요. 두 이야기 모두 전염병에서 시작되지만 결론은 완전히 다르게 난 거죠. 서로를 못 믿는 이야기가 실화이고, 서로 힘을 합친 이야기가 소설이라는 게 슬퍼요.

모두가 건강해지고 새로운 병이나 자연재해가 일어나지 않는다면 더 바랄 것이 없을 거예요. 하지만 모두가 간절히 바라는 소원은 그만큼 이뤄지기 어려운 소원이라고 생각해요. 그 사실이 너무 씁쓸하게 느껴져요.

❖『위험한 요리사 메리』(수전 캠벨 바톨레티, 곽명단 옮김, 돌베개)
❖『살아남은 여름 1854』(데보라 홉킨슨, 길상효 옮김, 씨드북)

우리 모두가
연결되어 있다는 희망

오늘 친구가 보내준 꽃이 도착했어. 코로나로 인해 일이 줄고 생활이 어려워진 우리 가정을, 엄마를 위로하는 꽃이었지. 우리는 어느 틈에 바깥출입을 최소화하고 핸드폰이나 컴퓨터 모니터를 통해 대화를 나누는 시대, 사람에 대한 의심이 많아지는 만큼 서로를 그리워하고 걱정하는 시대를 살아가게 되었어. 우리가 그런 시대에 살고 있다는 것에 매일 새롭게 놀라면서 말이야.

결혼하고 나서 얼마 지나지 않아 환경 문제에 관심을 가지게 되었어. 하지만 환경 문제를 아이를 낳고 키우는 문제와 연결 지어 생각하거나 수년 뒤를 내다보진 못했어. 지금 생각해 보면 그때만 해도 자연 환경이 지금보다 훨씬 괜찮았던 것 같아. 미세먼지라는 말을 하는 사람도 없었고, 요즘과 같은 바이러스의 유행도 없었지.

너희를 키우게 될 환경에 대해서도 그다지 깊게 생각하지 않았어. 만약 알았더라면 아이를 낳는 문제를 심각하게 고민했을지도 모르겠어. 그런데 네가 태어나고 겨우 1년 남짓 후에 신종플루라는 전염병이 돌았어. 너는 너무 어릴 때라 기억하지 못하겠지만, 아빠도 직장에 감염 위험자가 있어서 집에 오지 못하고 2주 동안 근무지에 격리되는 일이 있었단다.

봄이 시작될 무렵 유행하던 전염병은 다음해 여름이 되어서야 치료제의 전파로 종식되었는데, 그때는 이미 전 세계적으로 1만 8천 5백여 명의 사망자가 생긴 뒤였어. 돼지독감 바이러스가 변이해서 생겼다는 이 전염병이 휩쓸고 지나가면서 사람들은 그제야 알았어. 전염병은 환경을 해치는 포식자로서의 삶을 그만두라는 울부짖음이라는 것을, 인간이 파괴해 온 자연과 생명의 경고라는 것을.

인터넷 서점 사이트에서 책을 살펴보고 있었는데 상황이 이렇다 보니 전염병에 관한 많은 책이 눈에 띄더라. 엄마가 된 뒤로는 연도를 볼 때마다 자연스레 너의 나이를 셈하는데, 어떤 책 제목에서는 앞으로 30년 뒤의 지구를 '거주 불능'이라 표현하고 있었어. 그때는 네가 지금의 엄마 나이밖에 되지 않았을 때인데, 지구가 인간이 거주할 수 없는 땅이 될 거라 생각하면 견딜 수 없는 두려움과 미안함이 들어.

조금 더 둘러보다 이탈리아 작가인 파올로 조르다노가 유럽에 코로나가 퍼지기 시작한 2월 말부터 약 한 달 간 쓴 글을 접하게 되었어. 파올로 조르다노는 물리학자이면서 소설가야. 그는 지금 시대를 '전염병의 시대'라고 이름 붙이고 사람들이 자유롭지만 동시에 고립되었다고 이야기해. 엄마는 전염병 자체에 대한 글보다는 전염병의 시대를 살아가는 우리에 대한 글을 읽고 싶어서 이 책을 구입했어.

조르다노는 우리가 걱정해야 하는 사회는 각자의 동네, 도시, 국가가 아니라 인류 사회 전체라고 하더라. 바이러스는 어디로든 갈 수 있고 누구든 감염시킬 수 있기 때문이지. 비행기를 타고 지구의 어디든 하루 만에 갈 수 있는 시대가 전염병을 세계로 퍼뜨리는 데 얼마나 큰 기여를 했나 생각해 봐. 그는 이런 효율적인 인간의 이동 수단들이 결국 '바이러스의 수송망'이 된 셈이고, 우리에게 형벌이 되었다고 말해. 맞아. 인간이 끊임없이 추구해 온 문명의 발전과 과학의 발달이 도리어 우리를 공격하는 시대가 된 거야.

전염병은 사람들의 삶을 위협했을 뿐 아니라 사람 사이에 지켜야 할 것들에 대한 경계도 흐려지게 만들었어. 두려움이 사람들의 마음 아래 추악한 면을 바깥으로 드러나게 했고, 그로 인해 특정 인종이나 집단에 대한 혐오를 표출하는 사람들이 생겨났지. 요엘이가 읽은 책에서도 어떤 사람들은 메리의 마음은 생각하지 않은 채 사생활을 침해하고 협박까지 했잖아? 그녀를 장티푸스 메리라 부르며 혐오감을 표출하기도 했고 말이야.

그런 일은 비단 100년 전 메리에게만 일어난 것이 아니라 지금 우리를 둘러싼 세상에서도 벌어지고 있어. 바이러스의 근원지가 아시아라는 이유만으로 아시아인들에 대한 폭언과 폭행을 일삼는 사람도 있다고 해. 전염병보다 더 무서운 건 사람들의 마음이 병들어가는 거야. 또 질병이 모두를 공평하게 공격하진 않는 것 같아. 더 약하고 위험에 노출된 사람들이 있기에, 우리는 이럴 때일수록 더욱더 단단하게 마음을 지키기 위해 노력해야 해.

그렇지만 요엘아, 엄마는 네가 지금 겪고 있는 상황과 과거의 전염병들이 남긴 상처로 인해 앞으로 살아갈 세상을 미리 두려워하거나, 사람들을 너무 못 미더워하지는 않았으면 좋겠어. 전염병으로 인해 많은 사람이 목숨과 재산을 잃었고, 마음속의 어둠도 면면히 드러났지만, 작고 반짝이는 희망의 순간들도 있었음을 잊지 말았으면 해.

사람들이 주로 집 안에 머물자 마주하게 된 파란 하늘, 곤돌라 운행을 멈추자 맑아진 물과 그 아래 나타난 물고기 떼의 모습, 공장과 자동차의 운행을 중단하자 수십 년 만에 모습을 드러낸 히말라야 산맥의 아름다움을 너의 마음에 깊게 새겼으면 좋겠어.

자신을 희생해서 환자를 돌보던 의료진의 수고와 땀으로 범벅이 된 방호복을 입고 방역에 힘쓴 사람들의 땀도 기억하기를. 엄마는 요즘 그 어느 때보다도 인류가 모두 연결되어 있음을 느낀단다.

자연과 사람이 나름의 몫을 다할 때 비로소 다시 찾아올 평화를 우리는 좀 더 겸허한 마음으로 기다려야겠지. 하지만 전염병은 또 찾아올 거야. 이 책에서 말하듯이 우리 인간은 이미 숫자가 많은 데다 더욱더 증가할 것이고, 수많은 관계를 맺으며 살아가니까 말이야. 그러니 백신이 개발되고 코로나가 종식되더라도 전염병이 우리에게 남긴 것들을 잊지 말고 신중하게 대비해야 할 거야. 요엘이의 소원이 그저 소원으로 그치지 않도록 엄마부터 더 노력할게.

❖『전염의 시대를 생각한다』(파올로 조르다노, 김희정 옮김, 은행나무)

책을 정말 실컷 읽었다

책은 내게 소중하고 가까운, 내 인생의 중요한 한 부분이다. 거실 책장에 꽂혀 있는 엄마의 책들은 어디로 이사를 가나 변하지 않는 모습 중 하나였고, 그만큼 난 아주 어려서부터 책에 둘러싸여 자랐다.

　학교에 가면서부터 여러 종류의 책을 접하게 되니 읽고 싶은 책이 갈수록 늘어만 갔다. 하지만 막상 학교가 끝나고 나면 책 읽을 시간이 너무 적어서 아쉬웠다. 어렸을 때부터 일찍 자는 게 버릇이 된 터라 하교 후 숙제를 하고 저녁을 먹고 나면 책 읽을 시간은 한두 시간밖에 없었기 때문이다.

어느 날은 엘리와 내가 방에서 나란히 책을 읽고 있었는데 엄마가 잘 준비를 하라고 말씀하셨다. 우리 둘은 읽던 책을 덮어 배게 밑에 넣어놓고 방에 숨겨놓았던 손전등을 벽과 침대 사이에 끼워 넣은 뒤 이불로 그 틈새를 막았다. 그리고 엄마가 불을 끄고 나가시면 조심스레 손전등을 꺼내 각자의 책을 다시 읽기 시작했다.

집중해서 읽는 그 시간은 정말 짜릿하고 즐거웠다. 우리는 지금도 종종 그때 이야기를 하며 재밌었다고 웃고, 엄마는 책을 그렇게 읽고도 부족했느냐며 웃으신다.

홈스쿨링을 시작하고 나서부터는 자는 시간을 쪼개 몰래 읽을 이유가 없어졌다. 오전에 수업을 짧게 해서 낮에 책 읽을 시간이 많기 때문이다. 사실 남는 것이 시간이었다. 그래서 나는 더 열정적으로 더 많은 책을 읽기 시작했다. 심지어 밥을 먹을 때도 책을 들고 먹었다.

책을 통해 나는 다양한 세상을 알았고, 꿈을 찾았다. 홈스쿨링을 하기로 결정했던 2015년, 나는 서점에서 『해리포터』 시리즈를 처음 보았다. 그 책을 읽을 때면 주변에서 말하는 소리가 들리지 않고 몇 시간이 몇 분처럼 흐르곤 했다. 『해리포터』를 통해 판타지 소설에 매력을 느꼈고, 시리즈의 모든 책을 읽은 뒤 직접 소설을 써보고 싶은 마음까지 들었다.

어렸을 때부터 내게 기쁨을 주고 행복을 주었던 책을 내가 직접 써본다는 것. 그것만큼 행복한 일도 없을 것 같았다. 누군가의 글이 내게 즐거움을 맛보게 해 주었던 것처럼, 나도 누군가에게 행복이 되는 글을 쓰고 싶다. 그러다 보니 어느새 작가라는 꿈이 머릿속에 자리 잡았다.

그런 내게 홈스쿨링은 정말 많은 기회와 도움을 주었다. 엄마와 엘리와 함께 책을 읽고, 토론하고, 에세이를 쓰고, 시를 쓰고, 다양한 문제를 담은 영화나 책을 읽고 감상문을 썼다. 더디지만 글을 쓸수록 조금씩 실력이 느는 것 같았고 글쓰기에 대한 즐거움도 쌓였다.

우리는 살면서 많은 것을 배운다. 학교에서 배우는 것도 많지만 나는 진짜 내가 원하는 것을 해 보았을 때 배우는 것이 더 많다고 생각한다. 홈스쿨링을 하며 읽고 싶은 책을 실컷 읽었고 그 책들을 통해 많은 것을 배웠다.

온전히 책, 글과 함께한 지난 5년은 정말 말로 표현할 수 없을 정도로 행복했다. 그리고 소중했다. 그 시간들이 나를 계속해서 읽고 쓰게 만들었다. 내게 책과 글은 텔레비전이나 핸드폰보다 훨씬 가치 있는 것이다. 책은 내게 선생님이자 친구이며 언제나 나와 함께하는 존재이다. 그래서 나는 계속 읽는다.

책과 글은 내 한계를 뛰어넘을 수 있도록 해 준다. 또한 너무나 많은 의미를 지니고 있어서 어떻게 설명해야 할지 모르게 만드는 그런 존재이다. 힘과 기쁨이 되어주는 이 존재와 앞으로도 계속 나아갈 것이다.

요엘

아름답고 순정한 독서의 시간

백창화(숲속작은책방 대표)

살아가는 동안 마음에 남는 좋은 친구를 만나기란 얼마나 어려운가. 그중에서도 책을 읽고 함께 이야기하며 마음을 나누고 공감할 수 있는 책 친구를 만나는 일은 또 얼마나 어려운 일인가. 작은 책방을 운영하며 수많은 사람들을 만나고 수없이 많은 책 이야기를 나누지만, 진심으로 마음과 마음이 닿아 고동치는 영혼의 심장 소리를 들었던 순간은 얼마나 되었을까.

어린 딸과 엄마가 책을 함께 읽고 나눈 시간이 담긴 글을 읽으며 나는 인생의 아름답고도 순정했던 독서의 시간들을 떠올렸다. 그리고 읽고 쓰며 성장하는 삶에 대해서도 생각해 보았다. 책 읽기가 우리에게 건네는 건 기쁨만이 아니다. 때론 고통에 마음이 베일 때도 있다. 하지만 독서는 결국 희망과 행복의 시간으로 우릴 이끈다. 그 시간들 속에서 어린아이가 청소년으로 빠르게 성장해 가는 걸 본다.

쌍둥이 자매로 태어나 어른들에게 때로 편견 섞인 말을 들어 속상하다는 딸에게 엄마는 어린 시절 언니와 비교당하는 게 싫었던 자신의 이야기를 들려준다. 다름을 존중하지 않고 왜곡된 고정 관념으로 타인을 재단하는 일이 어떻게 상처가 되는지 세심하게 이해하고 공감해 주기도 한다.

환경 재앙으로 죽어가는 동물에 관한 책을 읽고서 생명을 지킬 수 있는 방법을 고민하다 채식을 시작한 딸에게 "무언가를 지키기 위해 좋아하던 것을 포기하는 경험을 하는 너를 응원해"라고 말하며 엄마라는 책 친구로 늘 함께한다.

이 책은 엄마와 딸이 책 친구가 되어 서로 성장하는 이야기이다. 두 사람은 각자의 책을 읽으며 인간에 대해, 삶에 대해, 세상에 대해 묻고 답한다. 엄마의 글에 훈계나 교훈 같은 건 없다. 함께 책을 읽어가는 친구로서 책과 세상에 대한 풀리지 않는 의문들에 자신은 어떻게 답을 찾아갔는지, 또 어른이 된 지금도 여전히 흔들리며 산다는 솔직한 자기 고백이 있을 뿐이다.

어린 딸의 글에서도 응석이나 어리광은 없다. 주고받는 글 속에서 둘은 그저 동등한 독자일 뿐이다. 책을 읽고, 삶을 고민하고, 꿈을 찾아가고, 때론 희망에 기대 미래를 이야기하는 두 사람의 주고받음이 마치 코트 위에 라켓을 쥐고 마주 선 선수들처럼, 허공을 가르는 공처럼, 경쾌하고 짜릿하고 때론 감동이다.

학교에서 보내는 시간에 의문을 품고 가족회의를 거쳐 홈스쿨링을 시작한 딸과 엄마는 그 시간 동안 '책을 정말 실컷 읽었'고 '책만 많이 읽어도 별일이 생기지 않는다'는 걸 알게 되었다. 그렇게 오롯이 책을 읽으며 행복했기에, 자신도 누군가에게 행복이 되는 글을 쓰고 싶다는 요엘이의 꿈이 이 책을 통해 첫걸음을 뗐다.

엄마의 서재를 탐닉하다 이제는 자신만의 서재를 만들어가는 요엘이와 책을 좋아하는 독자에서 얼떨결에 책방 주인이 되어 버린 한샘 씨의 행복한 책 읽기, 두 사람의 기쁨이 넘치는 날들을 응원한다.

세상의 질문 앞에 우리는 마주 앉아

초판 1쇄 발행 2021년 1월 20일
초판 3쇄 발행 2021년 11월 7일

지은이　정한샘, 조요엘

펴낸이　천소희
편집　박수희
제작　영신사

펴낸곳　열매하나
출판등록　2017년 6월 1일 제2019-000011호
주소　전라남도 순천시 원가곡길75
전화　(02) 6376-2846　　**팩스**　(02) 6499-2884
전자우편　yeolmaehana@naver.com
인스타그램　yeolmaehana
페이스북　yeolmaehana

ISBN 979-11-90222-19-8　03810

이 도서는 한국출판문화산업진흥원의 '2020년 출판콘텐츠 창작 지원 사업'의 일환으로
국민체육진흥기금을 지원받아 제작되었습니다.

 삶을 틔우는 마음 속 환한 열매하나